ん!?

宮藤官九郎

文藝春秋

ん!?

目次

ブックデザイン　大久保明子
装画　サイトウユウスケ
ＤＴＰ制作　エヴリ・シンク
協力　大人計画

あまちゃん
その後

2013 ／ Drama

NHK連続テレビ小説。東京育ちの高校2年生・アキは、
夏休みに母・春子の故郷、岩手県北三陸市にやって来た。
現役で海女を続ける祖母・夏と出会い、アキは海女を目指すことに。
温かい北三陸の人々に支えられ成長していくアキと、
衝突を繰り返しながらも絆を取り戻していく家族。
その後、海女兼地元アイドルとしてブレイクしたアキは
母の秘密を知って、東京に戻ることに……。
出演：能年玲奈、小泉今日子、尾美としのり、杉本哲太、松田龍平、
古田新太、小池徹平、橋本 愛、薬師丸ひろ子、宮本信子ほか

「なんか飲みます？」

新幹線車内で打ち合わせ中、郡山を過ぎたあたりでようやく聞かれたセリフ

半年間、朝朝昼晩と地上からＢＳからお茶の間をお騒がせした『あまちゃん』が最終話を迎えました。文春でも盛大に祝ってくれるそうで、なんかすいません。

「宮藤さんにも節目にひと言」と依頼されましたが、実はまだ最終話観れてないのです。完パケＤＶＤは届いていますが、娘の提案で宮藤家はリアルタイムで視聴することに決めました。つまり現時点で読者の皆さんの方が俺より一歩リードしてるわけです。

どうでした？

書き上がった時点では、なかなか大したもんだと思いました。しかし先の展開を予想するほどハマった皆さんが果たしてあれで満足したのか。

「登場人物の名前が『春』『夏』『秋』なのに『冬』はどうした？」

「ユイちゃんの彼氏は？」

「アメ女のマメりんはあれで終わり⁉」

などの声が聞こえて来そうですが、全ての謎が解き明かされても、それはそれでつまらないですよね。

演出の井上剛さんの、あるインタビューによると、２０１１年の冬、久慈《くじ》ロケハン（下見）の帰りの新幹線車内で僕が『あまちゃん』の構想を喋り出した。その時点で既に26週分のエピソードが出来ていたと。

「東京までの3時間、車内販売のビールを買うのも忘れて喋り続けた」

本当だとしたら俺、相当カッコ良いけど、事実はちょっと違う。

基本的に俺は新幹線に乗ったら缶ビール飲んで寝たい男です。それが至福の時。あの日も俺は飲んで寝る気まんまんで、予《あらかじ》め小銭を多めに用意して乗車した。ところがプロデューサーの訓覇《くるべ》圭さんが座席をひっくり返し向かい合わせにしたのです。ん？　ＵＮＯでもやる気か？　書記係の助監督さんがＰＣを開き「いつでもどうぞ」という顔で俺を見ている。

打ち合わせかよ。

渋々ドラマの構想を喋る俺。車内販売が通りかかる。何度も。ビール飲みてーな。でも井上さん訓覇さんは身を乗り出している。早くビールにありつこうと喋りまくる俺。

「ユイは結局、一度も東京には行けないということですか?」

「ビールにおつまみ〜」

「夏さんは20週あたりで上京しましょうか」

「冷たいビール〜」

「過去に橋幸夫とデュエットしたとか」

「ホヤの燻製《くんせい》〜」

盛岡を過ぎ仙台を過ぎ、郡山も過ぎた。ああビール、俺のビール!

「宮藤さん、なんか飲みます?」

「……じゃ、コーヒー」

つまり「ビールを買うのも忘れて」ではなく「ビールのことだけを考えて」喋り倒したのです。ていうか、みんな飲みたかったんじゃん! もし途中で飲んでたら『あまちゃん』の展開は全く違ってたかも知れない。俺のビール飲みたさ、凄まじいぜ。

１９８４年夏の北三陸鉄道開通からスタートした物語は、２０１２年夏の運行再開セレモニーで幕を閉じました。

実在する三陸鉄道北リアス線は来年四月に全線開通するそうです。宮古から久慈まで、可愛い列車が海岸線を走ります。
ドラマが終わっても人生は「続く」のです。

（２０１３年10月10日号）

「いつ思いついたんですか?」

『あまちゃん』取材でよく聞かれるセリフ

ここ数年で「伏線」という言葉を、一般の視聴者まで使うようになりました。が、白状すると、僕はずっと「ふせん」と読んでいました。

「宮藤さんのドラマは細かい伏線がすべて回収されて」と言われるたびに心の中で「『ふくせん』だって、この人、間違えてるよ」とほくそ笑んでいた。恥ずかしい。「ふせん」って。ポスト・イットか。間違いとしてもそんなに面白くないし。

謎解き系の作品以外で、僕はあまり伏線を意識して脚本を書きません。あからさまな伏線に対して途中で照れてしまうことが多いからです。分かり易い例を挙げると『あまちゃん』における春子、夏、アキという命名。誰もが「冬」が出て来ると思うはず。俺も出すつもりだった。岩手に帰ったアキが結婚して生まれた娘が冬子、とかね? でも、それってどうなんだろう。「冬」を出したいが為の展開じゃない？　という自問自答が始まる。そんな作者の心を逆撫でするように視聴者がさまざまな予想をする。ユイが結婚して生まれた息子が冬彦、とかね？　天野家ですらない。そもそも回収前に伏線だと気づかれている時点で、それはもう失敗してるんじゃないか？　うじうじ考えに考えて「冬」は出しませんでした。あえて回収しないという離れ業で切り抜けようとしたのです。ところが今度は「あえて冬を出さなかったのは、続編への伏線ですか？」と言われる。

いつから人は「伏線」が「回収」されることに快感を覚えるようになったのでしょう。いつから伏線を回収しないと「ヘタ」だの「消化不良」だの「破綻《はたん》してる」だの言われるようになったのでしょう。破綻すら俺は「はじょう」と読んでいましたけどね。

最近取材で多いのが「あのアイデアはいつ思いついたんですか？」という質問。最初から想定していたのか、それとも書いている途中で閃《ひらめ》いたのか。「最初からです」と答えると、やっぱりと深く頷き「途中で」と答えると目を丸くして「まさに『じぇじぇ』ですね」とカマされる。正直、聞いてどうすんだ？　と思います。脚本家志望の学生ならともかく、普通にテレビ観てる視聴者が気にすることか？

ドラマ（フィクション）よりも、むしろ作者の思考回路（ノンフィクション）の方に興味を持つ。「伏線」や「回収」が好きな人は、極端に言えば作家になりたいタイプなんだと思います。先の展開を予想したり、伏線を探したり、結末に唸ったり落胆したり。作者の思考をバーチャルで体感したい。そういう欲を刺激する作品がヒットする時代だし、Twitterやブログの普及も拍車をかけてるんでしょうね。

視聴者としての僕は、伏線とか全く気にしない。先日もリメイク版の『キャリー』を観たのですが、オリジナル版を何度も観てるにもかかわらず、終盤はドキドキしっ放し。それだけ引き込まれる作品なわけです。逆に言えば俺の作品は視聴者を物語に引き込んでいないわけですから、「伏線」を褒められてるうちは俺もまだまだだなぁと思います。

（２０１３年12月19日号）

「2分少々停車いたします」

三陸鉄道北リアス線堀内駅での車内アナウンス

岩手県久慈市に行って来ました。

久しぶりの家族旅行。てっきり南国方面かと思いきや、奥さんと娘が話し合い「そろそろ『あまちゃん』の町に行ってみたい」となったようです。

本放送から丸2年。ＢＳで再放送中とはいえ、一時のロケ地巡礼ブームはおさまってるだろうと踏んで、宮城の実家に寄りつつ北上しました。

「せっかくだからアキちゃんと同じコースで行きたい」。ああ、第1話で登場する海沿いを行くルート。「仙台で仙石線《せんせきせん》に乗り換え、石巻線、気仙沼線を乗り継ぎ（中略）要するにすごく面倒くさい！」ってヤツね。はいはい。乗り換え案内アプリで調べたら所要時間が……21時間29分!?　2日がかりです。ごめん、お父さん、ろくに調べもしないでウソ書いた。北三陸がいかに遠いかを表現したかったんだけど、まさかこんな形で自分の首を絞めるとは。妻子を説得してコース変更。盛岡まで新幹線、そこから宮古まで山田線、宮古から三陸鉄道に乗りました。

久慈へは脚本執筆前の取材で2回行ったきりです。1度目は震災の年の冬。三陸鉄道は久慈〜陸中野田《りくちゅうのだ》間の二駅しか走ってませんでした。海女センターは津波で流されプレハブが建ってた。2度目は翌年2012年の4月。三鉄が田野畑《たのはた》まで開通した記念イベントの日なのに町は閑散としていて、もともとオーラの無い僕は誰にも気づかれずスムーズに取材出来た。思えばあの時、まだヒロインも決まってなかったなぁ……と、感慨に浸りながら三鉄に乗りたかったんですがそうは行かなかった。宮古駅のホームは観光客でごった返し、三鉄の車内は通勤時間の中央線並みに混んでいたのです。まあ2両編成だけど。しかも初めて乗る宮古〜田野畑間はトンネルが多く、車窓の風景は暗闇と山、たまに海。それでも瓦礫の山だった島越《しまのこし》駅に立派な駅舎が建っていたのには感激しました。分かるヤツだけ分かればいい話ですが、大吉とユイが、トンネル内で停止した車両から脱出し、初めて目の当たりにした惨状。2年余りでここまで復旧するとは。人間力を感じました。

三鉄はワンマン運転なので運転手さんがマイク片手に車内アナウンスも兼任します。

「次は堀内《ほりない》駅に停まります。右手に見える海岸では、朝の連続テレビ小説『あまちゃん』

で、宮本信子さん扮する夏ばっぱが都会へ行く娘春子を大漁旗を振って送り出す場面が撮影されました」

その間、電車は橋の上で止まったまま。乗客は身を乗り出し写真撮影。これ、毎日やってるのかな。急いでる人とか居ないのかな。

「堀内〜堀内〜です。この駅のホームでユイちゃんはトンネルに向かって『アイドルになりたい』と叫びました。2分少々停車いたします。ホームに降りてご自由に撮影して下さい」

この時点で乗客は車窓の風景に夢中で、脚本家が同乗していることに気づかない。自分のオーラの無さに呆れつつ、これは穏やかな旅になるなぁと安堵しました。数分後、予想外の事態に巻き込まれるとも知らず……。（つづく）

（2015年9月3日号）

「一コ五百円」

小袖海岸の海女さんが言ったセリフ

岩手県久慈市に行って来ました、の続きです。

シナリオハンティングで訪れたのが２０１２年。４月なのにまだ雪が積もってました。

そして駅前は笑っちゃうほど閑散としていた。顔を見合わせ何度も確認した。

「ここで朝ドラやるんですか？　やるんですね？」

あれから3年半。ロータリーは観光客で溢れかえっていた。すいません言い過ぎました。

でも大勢いた。そして駅前デパートの壁には『潮騒のメモリーズ』の看板がドーン。種市先輩とヒロシが、アキの為に徹夜で描いたあの看板です。ああ、ドラマの小道具をこんな風に町おこしに使ってくれたら、町おこしした甲斐あるわぁ……と感慨に浸っておりましたら、

「あのーもしや」

三鉄の副駅長さんにバレてしまった。三鉄グッズを山ほど頂き記念撮影につぐ記念撮影。

「プライベートなのにすいません」

とんでもない、俺のちっぽけなプライバシーなんか三鉄の窓から捨てて来ましたと言わんばかりに笑顔で対応しました。その後は、狭い町を目撃情報が駆け巡ったのでしょうか、どこへ行ってもＶＩＰ待遇。

「あまちゃんの脚本家が来てるぞ！」

「オーラ無いから気をつけろ！」

「喫茶店に向かった」

「奥さんと子供が目印だ」

「騙されるな！　オーラあるのは偽物だ」

琥珀《こはく》博物館では琥珀掘りの体験をさせて頂き、娘の夏休みの宿題もバッチリ。温泉で旅の疲れを癒して２日目は小袖海岸《こそでかいがん》へ。タクシーを降りると目の前に大きな石碑が。こんなの３年前あったっけ？　と前に回り込み刻まれた文字を見て度肝抜かれた。

『じぇじぇじぇ発祥の地』

うわー。冷や汗と苦笑いが止まらない。

「じぇじぇじぇ」は小袖集落限定の方言。3年前、プレハブ小屋で海女さん3人を取材した際に初めて耳にした。

「お話し中すいません。さっきから皆さん『じぇ！』って仰《おっしゃ》ってますけど、それ何ですか？」

脚本家とセリフが出会った場所だから、確かにここが発祥の地だ。プレハブ小屋は無くなったけど、代わりに三階建ての立派な海女センターが建ち観光客で賑わってる。海女さんも元気に潜ってウニ獲ってる。恐る恐る声をかけたら「一コ五百円」と、自分の書いたセリフがジョークとして定着している事に感慨もひとしお。そんな俺の顔を海女さん達がマジマジと見て、

「え!?」

「あらら！」

「じぇ！」

発祥の地では3人中1人しか「じぇ」と言ってくれなかったけど、先生のためにと特別に潜ってくれました。

池袋、木更津、三島など、これまでいろんな町を舞台にドラマを作って来た。そしてその度に感謝され、もてなされた。でも久慈のおかげであまちゃんが生まれ、あまちゃんのおかげで久慈が賑わっているわけで、感謝しなくちゃいけないのはお互いさまなんだよな

〜と、老舗の喫茶店モカで、あばずれの食い物ことナポリタンを啜りながら思うのでした。

（2015年9月10日号）

「宮古だけですから」

突然連れて行かれた宮古市役所で、市長から言われたセリフ

岩手県久慈市に2泊したあとは三陸鉄道に乗って名物うに弁当を食べ、堀内駅でトンネルに向かって「アイドルになりたーい！」と叫んでいるテイで娘の写真を撮り、アキと種市先輩が「その火を飛び越えます！」のくだりをやった車庫にも案内され、まちなか水族館で震災後にさかなクンが寄贈したという珍しい魚たちと戯れ、もうお腹いっぱいだ、これ以上滞在したら逆に迷惑がかかる、トランクに入りきらないお土産を抱え、宮古へ移動しました。

ここでもまたＶＩＰ待遇。宮古出身の知人がサンマを毎年送ってくれるので、御礼がてら市場に顔を出すと、これ持ってって、これ食べて、ここにサインして、挙げ句の果てに「市長が会いたがってる」と市役所へ連れていかれた。ええ⁉　久慈ならともかくなんで

宮古で？

「実名が出たのは宮古だけですから」

おお確かに。ドラマの中で久慈は「北三陸」、田野畑は「畑野」、小袖は「袖ヶ浜」と架空の町名に書き換えられた。実在する町のことを「残念な過疎の町」と揶揄《やゆ》するのは、たとえフィクションでも問題がある。だけど宮古は離れてるし、ロケもやんないから実名でいいよね？　との判断です。結果「宮古」というセリフが何度も発せられた。

「宮古で乗り換えて」

「宮古行きの上り列車で」

車両の正面には必ず行き先を表す『宮古』の文字。これがPRになり思わぬ経済効果を生んだというのが宮古市民の認識だそうです。真偽は分かりませんが、おかげで規格外のもてなしを受けたんだから、そういう事にしとこうと、市場で頂いた瓶詰めのウニの美味しさに悶絶しながら思うのでした。

家族旅行を挟んで、この夏はグループ魂の全国ツアー＆夏フェスで、北海道から九州まで計８本のライブを敢行しました。平均年齢47歳、もはやベテランの域に達した季節限定バンドマンのツアーに青春期特有の輝きは一切なく、移動は新幹線＆ジャンボタクシー。打ち上げではお酌してまわる余力もなく、つき出しの酢の物をじっと見つめて終始無言。

早々に切り上げサウナ組とラーメン組に分かれる中、とぼとぼホテルに戻り次回作の台本を書こうとパソコン開いて2時間ほど気を失い、自分の鼾《いびき》で目を覚ます。何やってんの？情けなくなる。

娘は父の仕事をどう思ってるんだろう。ふと心配になった。今は小4だけど、進路指導を受け、真面目に将来を考え始めた時に激しく混乱するんじゃないか？　地道にコツコツと、ひとつのことに打ち込むことこそ美徳とされる世の中で、ギター弾いて台本書いてドラマの中で死んだと思えばラジオで喋って午前1時にフラフラ帰って来る。そんな仕事が存在することを物心ついた時から知っている哀れな娘。大丈夫かな。万が一「お笑い芸人になりたーい！」と叫ばれても、お父さん聞こえないフリだよ。

「あー、お父さん、やっぱり偉い人なんだ」と父の威厳を保つために、今後もたまに久慈や宮古を訪れると思います。

（2015年9月17日号）

グループ魂

1995～／Music

1995年、大人計画の俳優を中心に結成したパンクコントバンド。
前身はコントグループで、音楽とMC、コントやドラマなどを
一体化させたライブが特徴。メンバーは破壊（vo. / 阿部サダヲ）、
暴動（Gt. / 宮藤官九郎）、バイト君（大道具 / 村杉蝉之介）、
小園（Ba. / 小園竜一）、石鹸（Dr. / 三宅弘城）、遅刻（Gt. / 富澤タク）、
港カヲル（46歳 / 皆川猿時）の7名。2002年にメジャーデビュー。
05年、NHK『紅白歌合戦』初出場。
11年には初の日本武道館公演を行う。
15年、20周年記念アルバム『20名』をリリース。

「俺は出るぜ？」

グループ魂紅白出場決定の知らせに、港カヲルが若干キレ気味に放ったセリフ

紅白歌合戦の出場歌手が発表になりました。

色々思うところあります。美輪明宏さんは桃色じゃなくて黄色だろうとか、小林幸子さんが出るつもりで用意してた衣装は誰が着るんだろうとか「おちんちん」ぐらい大目に見てあげてよとか。

そして何より、やはり7年前に我々が紅白に出たのは、どう考えてもヘンだったと、毎年思うのです。

おおかたの人が忘れてると思いますが、我々グループ魂は２００５年『君にジュースを買ってあげる♥』という曲で紅白に初出場しました。

「初出場」って。まるで2回目3回目があるみたいじゃないか。ないない。1回目が本来

ありえない出場だったわけですから。

なんで？　今考えても不思議です。純粋に音楽活動を評価されたわけじゃないと思う。特に売れたわけじゃないし。かといってそれ以外の要素、俳優業や執筆業を加味した結果とも言い難い。05年は、とりたててメンバーの誰かがブレイクした年でも、ＮＨＫに貢献した年でもない。枕営業したわけでもない。身に覚えがないのです。理由があるとしたら、なんか分かんないけど面白そうだから？　逆に言うと「なんか面白そう」で紅白出れた幸せな時代だったのかも。

知らせを受けた日の事は鮮明に覚えています。結成10周年の全国ツアー中、神戸のライブハウスの楽屋に入ってすぐスタッフから知らされました。「ええっ⁉」という正直なリアクションをしたあとメンバーに「どうする？」と尋ねました。誰も答えない。無理もない。それまでバンドに関する事柄は、メジャーデビューもレコード会社の移籍も、主に僕が決断してきました。だからみんな黙ってる。ただ何かがいつもと違う。ソワソワしてる。今まで見たことない顔してる。人間、度肝抜かれると新しい顔になるんだな。後で聞いたら、この時点で親にこっそりメールしてたメンバーがいたようです。

沈黙を破ったのは、バンドではＭＣ、というか曲間の面白コメントと若干のコーラスを担当している港カヲルこと皆川猿時くんでした。

「俺は出るぜ?」

彼がバンド活動の中で明らかに意思表示したのは初めてでした。なぜか若干キレ気味でした。お前ら、なに黙ってんだよ。紅白だぜ? カッコつけてんじゃねえよ。このまま黙ってたら宮藤のバカが「紅白は違うと思う」とかショッパイこと言って断ってしまうぜ? いいのかよ! 紅白だぜ? 悪いけど俺は一人でも出るぜ? そんな思いが語尾の「ぜ?」にこもっていました。いや、実際は「よ?」だった気もする。でも限りなく「ぜ?」に近い「よ?」だった。「ぜよ?」だったかも知れない。

「俺は出るぜよ?」

その言葉に押される形で、我々は出場を決意しました。

皆川くんが一人だけ出ても、コーラスと面白コメント担当だからどうにもならない。逆に一人欠けても紅白的にはなんら支障はない。それでも出る! という強い意志に胸を打たれたのです。

でも、なぜ出れたんだろう。


(2012年12月20日号)

「途中で座っちゃった」

仙台公演に来てくれた当時42歳の同級生が悔しそうに言ったセリフ

『あまちゃん』書き上がってないのに、グループ魂のツアーが終わってしまった。

予定では同時にフィニッシュを迎えて、最終公演の仙台・電力ホールはご褒美的なライブになる筈だったのに。2週こぼれてしまった。打ち上げを抜け出して、ホテルで書いてます。明日は『中学生円山』のキャンペーンで仙台のテレビ、ラジオを荒らしまくり。

仙台公演には20名以上の同級生が観に来てくれた。2時間半ほぼノンストップで高速パンクロックを演奏し、老体に鞭打って飛んだり跳ねたりした後、42歳の同級生たちとロビーで面会。彼らこそ27年前の俺を、少々変わり者だった中学生宮藤を知っている生き証人です。面影だけはある者、面影すらない者、なまじ面影があるせいで哀愁が漂ってしまっている者。それぞれの27年が容姿に刻み込まれている。改めて、お前はもう中年なんだぞと冷や水を浴びせられたような気分です。

かつてロック談議に花を咲かせた級友が悔しそうにこう言った。

「ごめん、途中で座っちゃった」

いやいや謝られても。そりゃ若いお客さんみたいに立ちっ放しはキツいよ。椅子のあるホールなんだから座ればいい。

「いや〜もう、すっかりおっさんだわ」

思わずグループ魂の『I was PUNK!!』の歌詞を思い浮かべてしまった。中年パンクスの悲哀を歌った『少年メリケンサック』直系の新曲です。

♪テンポ落としていいですか！

♪パンクやめてもいいですか！

♪座って歌っていいですか！　ダメですか！　わかりました！

パンクロックほど若気の至りという言葉が似合う音楽もありません。3つ4つのコード（和音）だけで構成された曲と性急なリズム。「ですとろーい！」とか「ふぁっく！」とか、決して行儀の良くない歌詞。追いはぎに遭ったのか？　というほどボロボロのファッション。「若さ」以外では説明できません。

ところが、最近の若者はもうパンクロックを聴かない。先日トークショーで中学生円山役の平岡拓真くん（15歳）におすすめの音楽は？　って訊いたら「ＥＸＩＬＥの『道』です」って答えた。その場にいた40代、誰も知らずポカンとした。

10代はパンクを聴かない。40代はＥＸＩＬＥを聴かない。これは一体どういう事なんだ。

心も体も欲してないんだろうな。パンクを。中学生宮藤が13歳でパンクロックと出会った頃。まさに「舐めたい！」の頃です。ＢＶＤのブリーフに収まりきらない衝動を先生は「スポーツで発散しなさい」と言いましたが僕はスターリンやアナーキーで発散していた。あるいは忌野清志郎と坂本龍一のキスシーンで興奮してた。いや待てよ。そんなの当時の中学生でも俺ぐらいだった気もする。クラスの大半はオフコースを聴いていた。世代で括《くく》っちゃいけません。いつの時代も変わり者がいるって事です。

試しに聴いてみたＥＸＩＬＥの『道』は素敵なバラードでした。

（２０１３年６月20日号）

「あ、普通にかっこいいんですね」

歌番組のスタッフに、拍子抜けしたような顔で言われるセリフ

グループ魂が初のベター盤をリリースしました。全て新たなアレンジで録り直したのでベストじゃなくてベター。そのプロモーションで3、4年ぶりに音楽番組に出演しています。

なかなか勘所《かんどころ》がつかめません。まず選曲。こちらが歌いたい曲と番組側が歌って欲しい曲が微妙にズレる。何しろ「ペニス」「職質」「シコる」「欧陽菲菲」といったフレーズがさり気なく（時には堂々と）紛れ込んでいる。これ、放送できるの？　ＣＤが出てるって事はいいんだよな？　スタッフに動揺が走る。

「やっぱり『君にジュース～』でお願いします」

紅白でも歌ってるから安全という判断なのでしょう。曲調こそ爽やかですが解釈次第で

はＤＶ男の歌ですけどね。

　歌番組は演奏時間が３分弱と決まっているので、曲のサイズを短縮しなくてはいけない。歌詞と合間のコントをカットして演奏すると、だいたい拍子抜けしたような顔でこう言われます。

「あ、普通にかっこいいんですね」

　いけませんか？

　関ジャニ∞『言ったじゃないか』の作詞を担当しました。台本を書いてる間ずっと銀杏ＢＯＹＺの『ＢＡＢＹ　ＢＡＢＹ』をＢＧＭにしていたので、作曲は峯田和伸くんに依頼。先日『ミュージックステーション』で初披露されました。

　正直、不安でした。果たして「普通にカッコいい」関ジャニ∞の皆さんが妄想男児の失恋ソングを歌って説得力あるんだろうかと。でも、そんな心配は数秒で吹っ飛びました。

　ＣＭ前は色違いの派手な衣装でトークしていた７人、明けたら黒い全身タイツ姿です。首から下に小さな胴体がついてる。人形劇のスタイルです。小さな舞台に７人の顔がギュウギュウ詰めの状態で胴体（人形）を操りながら激しくシャウトする。そう来たか。バンドアレンジだからてっきり演奏すると思ってたけど、こっちの方が激しさもバカバカしさも倍増するもんな〜と感心してたら後半、その人形劇の舞台を飛びだし、楽器を持った７

人が大暴れ。錦戸くんだけ辛うじてギター弾いてたけど渋谷くん脱いじゃってるし大倉くんドラムの上に立ってるし、丸山くんはお腹に何やらマジックで落書きされてた。

度肝抜かれました。当て振りという、業界の暗黙のお約束を逆手に取りつつ（実際、彼らの演奏力の高さは有名です）、歌の世界観を表現するにはこれ以上ない演出。痛快でした。

そもそもこういう破壊的なパフォーマンス、かつてはロック畑のアーティストがやる事じゃなかったか？　清志郎さんのタイマーズしかり、ラフィンノーズしかり、ブルーハーツしかり。それがいつしか「テレビ出演＝プロモーション」という考えに囚われ想定内のパフォーマンスしか出来ない（させてもらえない）と決めつけ、サービス精神すら放棄してしまう。危ねえ危ねえ。俺らごときが普通にカッコ良く映るとこだった。

あの夜の関ジャニ∞は普通じゃなくカッコいいアーティストでした。

（２０１４年11月６日号）

「おげれつ」

10歳になったかんぱ（娘）が声を潜めて言ったセリフ

人生の3分の1はいやらしいことを考えないようにしてきた僕ですが、下ネタについて考えさせられる出来事が続けて起こりました。

全国ツアーの合間に夏フェスに参加しました。40分という短い持ち時間でもグループ魂らしさを損なわないよう、適度に下ネタを盛り込んで。

「おっぱい元気?」

「いえーい!」

MCの港カヲルが客を煽《あお》り「いえーい!」と言わせておいて、いきなりキレる定番ギャグです。

「『いえーい!』じゃねえだろ! 『おっぱい元気?』と聞かれたら『B寄りのCカップ?

とんでもねえ、あっし、A寄りの小籠包でござんす』だろ！」

活字だと改めて酷いな。でもウケるんです。

「お前を小籠包にしてやろうかっ！」

ところが某フェスだけ全くウケない。良かれと思って投入した下ネタでスベるほど恥ずかしい事はありません。３万人のぽか～んは３００人のそれよりも応えます。

聞けばそのフェスは客層が10代20代と他と比べてだいぶ若く健全なムードが特徴らしい。その証拠に同じネタが別のフェスではどっかんどっかんウケるんです。

若者の間で下ネタが流行ってない。

昔は違った。エロと笑いは若者のものだった。鶴光師匠の「乳頭の色は？」に笑い転げ、つボイノリオの『金太の大冒険』を高らかに歌った美しい10代。土曜の8時はタケちゃんマンで育った。♪今日は吉原、堀之内、中州、すすきの、ニューヨーク～。なんとな～く察してたから親に意味を訊いたりはしなかった。10時過ぎると「寝なさい」と叱られた。土曜ワイドの濡れ場で女優のおっぱいが映るから。

今は何時まで起きてても地上波でおっぱいは拝めない。お茶の間にあの気まずい空気が流れる事はなくなった。エロは個人で、ＰＣやタブレットで楽しむもの。僕らの頃よりどギツイものが誰にも邪魔されず視聴できる時代に若者が3万人青空の下に集められ『ペニ

SJAPAN』だ『ウィリアム・カウパー』だ『押忍！てまん部』だと矢継ぎ早に下品なタイトルの曲を聴かされて楽しめるわけがないんです。

劇団☆新感線の35周年記念公演『五右衛門vs轟天』を娘（10歳）と観に行きました。50代の大人が全力でふざけ倒す清々しい舞台で、下ネタもなかなかエグい。キンタマ！　だのヤリチン！　だの連呼するので、爆笑しつつ父親としてはさすがに頬が引きつる。

「わかんなかった」

感想を訊くと娘は首を傾げそう言った。

「どこらへんが分からなかった？」と尋ねても答えない。しまいには黙り込んでしまった。

「そうか、でも結構笑ってたじゃん」

「分かったところは面白かった。でも、分からなかったところは……」と周囲を気にして声を潜めてこう言ったのです。

「おげれつ」

ん⁉　てことは、分かったのか？　分かったんだな⁉　いや、自分は子供だからまだ分かっちゃいけないという意味で「分からない」と言ったのか。てことは……分かってんじゃん！

（2015年10月1日号）

「おっぱい元気？」

専属司会者、港カヲルのライブでのお決まりご挨拶

グループ魂の専属司会者、港カヲル（皆川猿時）さんのソロデビューが決定しました。現在、かなりヤバい内容のデビューアルバムを制作中。

専属司会者って何？　説明しづらい。ミスチルやアジカンにそんなパート無いし。ライブを観てもらえば一目瞭然なのですが「どうせ俳優が遊び半分でやってんでしょ？」という誤解から食わず嫌いされてるようなので、この機会に正確に理解してもらうべく、説明させていただきます。

グループ魂は1995年に結成されました。メンバーは破壊（阿部サダヲ）暴動（僕）バイト君（村杉蝉之介）の3人。劇団の公演以外にも、お笑いライブやイベント等にフットワーク軽く出演して経験を積み、ついでに顔も覚えてもらえたらいいなぁという目論み

で組んだ、劇団内ユニット。はい、元々バンドではなく、3人組コントグループなんです。当時はパンク版ギター漫談というスタイルで、アンジャッシュ渡部さん曰く「盛大にスベってた」そうです。

ネタは100%僕が書いていました。やがて俳優志向の2人と作家志向の僕の溝が深まり、2対1じゃ分が悪いので、劇団員の中でも笑いに貪欲で、なおかつ僕ら以上にスベってた皆川猿時くんに声をかけ、サンドバッグになってもらいました。ハートが強いのか、あるいはバカなのか、どんなにダメ出ししても不条理な一発ギャグを速射砲の如く連発する。そして気持ち良くスベる。下ネタ8割の、なんとなく古臭い、昭和の匂いがするギャグの数々。オッサンキャラなら許せるかも知れない。そこから、ムダに大物感漂うコメディアン＝港カヲルという設定が生まれました。

さらに試行錯誤は続く。ドラムとベースとギターが加わり、コントの合間に生演奏するようになります。やがてオリジナル曲を作り2002年メジャーデビュー。コントが減り曲が増え、ふと港カヲルが、というか皆川くんが、ライブ中ほぼ何もしてない事に気がつきました。

司会でもやってみる？

こうして専属司会の座におさまりました。

「おっぱい元気？」

そんな最低な挨拶からライブは始まります。それが無くてもライブは出来る、でもそれはグループ魂じゃない。港カヲルは、我々がコント集団だった頃の名残りであり、アイデンティティでもあるのです。

氣志團の綾小路翔さんのキャッチフレーズ「永遠の16歳」を拝借し「永遠の46歳」と名乗り始めた頃、皆川くんはまだ31歳でした。そして来年2月1日、ついに46歳の誕生日を迎えます。キャラクターの年齢に実年齢が追いつく記念日に何もしないわけに行かないだろう！　というわけで、東京国際フォーラムで生誕祭を行うことになりました。人脈の限りを駆使して、通常のグループ魂のライブを余裕で超える豪華なステージになる予定です。

そして今後は他のメンバーが順調に年齢を重ねる中、港カヲルだけが〝永遠〟に46歳、つまり最年少メンバーとして若さをキープすることになります。ご期待下さい。

（２０１６年10月６日号）

「どうしても出たい」

『ミュージックステーション』出演可否についての、村杉蝉之介からの返事

俳優とは、なかなか面倒な人種です。

先頃ソロデビューした港カヲル（皆川猿時）が『ミュージックステーション』に出演しました。と言っても、ご覧になった方はお分かりでしょうが、破壊（阿部サダヲ）とのデュエット曲で演奏はグループ魂が担当したのでソロ感は限りなくゼロでした。

ここで問題が発生。コーラス担当のバイト君こと村杉蝉之介氏がこの日、横浜で舞台本番中とのこと。グループ魂へのオファーであればスケジュールＮＧでお断りせざるを得ない案件。でも今回はソロだし、そもそもこの曲、バイト君は参加してない。残念だけど欠席ということで話がまとまりかけたのですが「実は公演終わってすぐ横浜を出れば生放送に間に合うんです」とマネージャー。

うーん。ムリして来てもらってもすることないし、ゆっくり休めば？　と答えたら、横からカヲルさんが「それは宮藤さん、かわいそうじゃないですか？」と仰る。かわいそう？だって今回はバンドじゃなくて、あくまでソロとしてのオファーだよ。例えばミック・ジャガーがソロ名義でテレビ出る時、キースは参加してない曲だけど「かわいそうだから出ていいよ」って言うか？　比較対象が大きすぎて分からなくなった僕は「じゃあ、出たいかどうか、それとなく本人に聞いてみて」とマネージャーに伝えました。すると普段はメールを返さない事で有名な村杉氏から速攻で返事が。

「どうしても出たいそうです」

どうしても⁉　伝達したマネージャーも半笑いです。どうしてもか〜。悩んだ末、じゃあ演奏前、ひな壇でのトークには参加して、そのままタモリさんの横で演奏してる僕らを見守ってるのが面白いんじゃない？　という結論に至り、テレビ朝日さんにも話を通し『見学』という異例の待遇にしてもらいました。

そして当日。「どうしても出たい」メールをマネージャーが受け取った際、僕が同席していたことを知らないであろう村杉氏。横浜から駆けつけ、涼しい顔で聞いてきた。

「で、僕は今日、どういうテイで出ればいいんですか？」

イラッと来て思わずこう返した。

「知らねーよ！」

そしてすぐ、我ながら大人げないと反省した。そうか、この人バンドのメンバーだけど、メンタリティは俳優だった。

言わずもがなですが人前に出るのが俳優の仕事です。が、ただの出たがりではない。正式なオファーを受け、自分の役割を踏まえ、必要とされているという前提で、出たいし目立ちたい。それが俳優なのです。

キレイな女優さんとのラブシーンに置き換えましょう。男の本能としては〝どうしても〟押し倒したい。そういう時ほど監督にしつこいほど確認する。「ここは押し倒した方がいいの？　どうしても？　その方がいいわけね？　わかりました。ごめんねえ〜、僕の本意じゃないけど監督がどうしてもって言うから」という工程を踏まないと押し倒せないのが俳優なのです。

つくづく面倒くさいですね。

（２０１７年2月16日号）

「歌詞は最低だけど」

グループ魂を評価する人が
必ず笑いながら付け加える
ひと言

「アルバム聴いてびっくりした。意外とちゃんとやってるんだね」

フジロック出演が決定したからでしょうか。グループ魂がじわじわ再評価されています。あくまで自分の周囲で。何度目かの小ブームです。

「ふざけてるのかと思ってたけど、演奏カッコいいじゃん」「なんか誤解してました」「なに気に曲がいいよね、なに気に」

そして必ず、笑いながらこう付け加える。

「歌詞は最低だけど」

ありがとうございます。

結成は22年前ですが、自分としては現メンバーが揃って曲作りを始めた15年前がスタートだと認識しています。その前は、バンドマンの役をコントの中で演じている状態。このまま、いつのまにか本物のバンドにならないかなと、自分だけが秘かに夢想していた時期を経て2002年〝メジャーデビュー〟して現在に至ります。

メジャーデビュー。すでに懐かしい表現ですね。音楽業界の流通形態が様変わりした今「メジャー＝売れ線」「インディーズ＝孤高」という図式は過去のもの。ただグループ魂の場合「こんな最低な歌詞でもメジャーから出せるんだ」と、後進のバンドマンに勇気と希望を与えるためにメジャーでやらせてもらってます。

実は過去に本気で「売れよう」と思ってしまったことがあります。

長く続けてると色んな意見が耳に入って来る。アルバムセールスとか、大ホールとか、全国ツアーとか。冗談でも目標を共有した方が頑張れる。

「売れようぜ！」

最初は冗談半分だった言葉が邪気をはらみ、呪文のように効いて来る。なんの発想も湧かない。「売れようぜ」が「売れなくちゃ」に変わり、追い込まれ、ますます不調になる。なんだこれは。ふと我に返った。もともとコントの中でバンドマンを演じてただけなのに。これじゃバンドマンじゃないか。バカバカしい。だいたい売れるかどうかの答えはＣＤ屋に並べてみなくちゃ分からないし、俺はＣＤ屋に並べる前の作業が楽しくてやってんだから好きにやらせて！　と乱暴に開き直り「売れなかったらゴメンね」の境地に至ったらスルスル最低な歌詞が出て来た。
血迷った。今、思い返しても赤面するし、その頃に作った曲はあまりライブで演奏しない。当時の気分まで甦ってしまうからです。でも「売れよう」期があったからこそ今がある。そして現在も数多《あまた》のロックバンドが、俺の感じた数万倍もの「売れなきゃ」と闘っている。それが原因で歪んだり不仲になったり大事な時期に不倫したり、するんだろうな。そういうのはコントや映画やドラマで繰り返し描いて来た世界だし、せめて現実のバンド活動は楽しく、面白くありたい。それでいい。変容し続ける音楽業界で、せめてグループ魂は変わらず、最低なままでいよう。相手にされなくてもいい。他人に迷惑かけないスレスレで頑張って行こう。そう腹を決めたら、この期に及んでフジロックからお誘いが来てビックリしています。まあ、いつも通りにやりますけどね。

（２０１７年６月８日号）

「不良の集会でねえが！」

ロックフェスに行こうとした13歳の宮藤少年が、父から怒鳴られたセリフ

フェスに呼ばれるようになって十数年経ちますが、年々趣きが変わって来てるなと感じます。

ほぼ毎年、何らかのフェスに出ているので、いつ、どのタイミングで変わったか分からないけど、観客もアーティストも確実に世代交代した感がある。自分達がいつの間にか最年長バンドになっている。客席は20歳前後の若者ばかり。『君にジュースを買ってあげる♥』を演奏すると「わ、ケロロの主題歌！　小学生の頃、観てたあ〜、チョー懐かしい！」と言われる。ケロロ軍曹の時、俺35歳だったよ。

鋲打ち革ジャンとかモヒカンとか刺青とか、奇抜なファッションは皆無で、Tシャツにスニーカー&リュックという健全でスポーティな服装。見た目サッカーファンと変わらな

い。何しろ下ネタがウケない。ＭＣで時事ネタぶち込んだらＳＮＳで拡散されちゃう。我々のようなフザけて悪態ついてなんぼのバンドにとっては危機的状況です。

「ロックって、もはや死語ですよね」

夕方のラジオで誰かが言ってました。おいおいマジか。俺は過去の遺物にしがみついてるのか。続いて流れた若者のインタビュー。

「うるさい」「暑苦しい」「汚い」「疲れるから聴かない」

ということは？　フェスに来ているのは、まだ我々に好意的な連中で、そうじゃない若者はロックすら聴かないのか。

僕が初めてフェスに触れたのは中学生でした。１９８０年代、宮城県の山奥で『ロックンロールオリンピック』というイベントが毎年夏に開催されていたのです。ＢＯØＷＹやＲＣサクセション、ＡＲＢ、シーナ&ロケッツ。名だたるバンドが一堂に会するフェスの先駆け。当時13歳だった僕はお小遣いをコツコツ貯めてチケットを買い求めた。

「ダメだ！」

いきなり父に怒鳴られた。前日か前々日だったと記憶しています。

「不良の集会でねえが！」

「いや違う、プロのコンサートだから」

「ダメだ！　ダメだ！　そういうのは高校生になってがらだ！　どうしても行ぐなら、母ちゃんか姉ちゃんど行け！」

「分からず屋！」と叫んで家を飛び出す度胸もなく、母や姉同伴でフェスに参加するほど素直でもなかった僕は、父にチケットを取りあげられ、当日はステレオの前でレコードを聴き、1人ロックンロールオリンピックを開催しました。

高校生になり、約束通り初参戦。しかし最後までいると仙台行きのバスに乗り遅れるので、大トリのシーナ&ロケッツの『レモンティー』を背中で聴きながら泣く泣く家路についた。インディーズ時代のXも観た。

ロックコンサート＝不良の集会。バイク、酒、タバコ、シンナー、性の乱れ、うっかり先輩の彼女に手を出して土下座。そんな親世代の偏見と闘いながら、ようやく自分達のロックを獲得したかと思えば、若者から「汚い」「うるさい」「疲れる」と蔑《さげす》まれフェスからも締め出されそうになっている。

フジロックは大丈夫かな。

（2017年7月27日号）

#「なん〜とも思わない！」

深夜、近所の商店街を歩いていたら、見知らぬ女性が話していたセリフ

いよいよ明日（7月28日）はフジロックです。

「初出場でグリーンステージのトップバッターなんて、普通ありえないですからね！」しつこく言われ、音楽に疎《うと》い一部メンバーもさすがにプレッシャーを感じ、ガチガチに緊張してる。本番でスベり倒すんだろうな。楽しみだ。

問題はその後だ。グループ魂としての稼働はこれで一段落。メンバーはそれぞれ舞台の本番がある。阿部サダヲ（破壊）は絶賛上演中『髑髏城《どくろじょう》の七人〜鳥〜』、皆川猿時（港カヲル）と村杉蝉之介（バイト君）は『業音』、三宅弘城（石鹸）が『鎌塚氏、腹におさめる』。どうだ。嫌味なほど丁寧に宣伝してやったぜ。俺は舞台の予定がない。また隠遁《いんとん》生活。朝7時に家を出てスタバに出勤だ。いや、それもしばらく自粛しようと思ってる。

「このへん、クドカン住んでんだよねー」

深夜に商店街を歩いてたら背後で女性の声が聞こえてきた。ホロ酔いなのか声が大きい。前を歩いているのが他ならぬ〝クドカン〟だと知ったらビックリするだろうな。いきなり振り返ってやろうか、とニヤニヤしながら会話に耳を傾ける。

「本当しょっちゅう見かける。スタバとかコンビニで。クドカン。だからもう、見てもなん〜とも思わない！」

「ウケる〜」

危うく振り返って恥かくところだった。速度を上げ、逃げるように商店街を通り抜けた時、悔しくてちょっと泣いちゃった。明日からせめて隣駅のスタバにしよう。

見られることで輝く。女性に限らず50近いおっさん俳優にもそれは言えます。同じステージに立っても、やっぱり舞台本番中の阿部くんや皆川くんはスッと〝見られるモード〟に入る。あとでライブ写真なんか見ると、きちんと〝商品〟の顔してますよ。要するに華がある。その点、人前に出ることをサボっている俺の無防備な顔。ひどいよ。相撲中継でたまたまカメラに映り込んだスナックのママと同伴中の客ですら、もうちょっと意識してますよ。

世間を騒がせている松居一代さんの動画にも「見られて輝く」の法則は顕著です。……

って、怖くて中身は見れないのですが、YouTubeのトップ画面で検索すると第1弾から最新版までの静止画面が一度に見れる。初期は放浪生活の疲れが顔に出ちゃってますが、話題になってることを自覚したのか、第5弾あたりから肌に張りが出て来る。ノーメイクだから如実に分かる。第6弾で背景が無地からニューヨークの街並みに変わり、第8弾以降は目に輝きが宿っている。閲覧回数が彼女を輝かせ、眠っていた女優魂を呼び覚ましたのでしょう。……って、やっぱり怖くて見れない。第一声の「みなさん」で止めちゃう。

一番の問題は、ドラマを書き倒すだけの現在の生活に心も体も順応しきって、輝くことが億劫になり始めていること。頭にタオル、もらい物のTシャツ、サンダル。映画『バクマン。』で演じた漫画家役とほぼ一緒のビジュアル。そりゃなん〜とも思わないよね。

（2017年8月3日号）

中学生円山

2013 ／ Movie

監督作第３弾。妄想癖のある中学生・円山克也は、定時で働く
平凡な父と韓流好きで地味な母、無神経な妹と4人暮らし。
克也は、あるエッチな目的を達成するための「自主トレ」を
日課にしていた。そんなある日、団地に下井辰夫という
謎めいたシングルファーザーが引っ越して来る。
程なくして団地内で殺人事件が勃発して、
克也は下井が実は殺し屋だという妄想が止まらなくなる……。
出演：草彅 剛、平岡拓真、遠藤賢司、ヤン・イクチュン、刈谷友衣子、
野波麻帆、田口トモロヲ、岩松 了、坂井真紀、仲村トオルほか

「ちょっとやり過ぎた?」

アーサー王役の中村勘三郎さんが、映画の試写の終演後に仰っていたセリフ

映画『中学生円山』完成しました。

7月に撮影が終わってから5ヶ月も何やってたんだ? と思われるでしょう。俺も毎回思う。4年おきに監督やってるから忘れちゃうんです。

撮影が終わるとポストプロダクション(仕上げ)が待っています。大雑把に言うと「編集」→「CG」→「整音」という工程。編集でカットを繋いで、CGで役者を吊り上げていたワイヤーを消したり、逆に銃弾や血しぶきを足したりして、音楽や効果音をつけてようやく映画が完成します。監督はその間、ひたすら確認。「爆発はドスンじゃなくて、ドカンで」とか「空の色、ちょっと青くできますか?」とか「青くできるってことは、赤くもできますか?」とか。技術の進歩は凄まじく、時間とお金があれば大概のことは出来るん

です。あとは監督の中で「もういいや！」と踏ん切りがつけば映画は完成。初号試写を迎えます。

スタッフや出演者で試写室はほぼ満席。踏ん切りはついたものの他人に観られるのはまだ恥ずかしい。隣に誰か座ると集中できないのでカバンを置いてガード。ところが、開始時間になっても客電が消えません。主演の草彅剛くんが急遽来られる事になったので少々お待ち下さいとのこと。うわ、やべえよ。俺の隣と最前列しか空いてねえじゃん。息を弾ませ試写室へ駆け込み、当然のごとく隣に座る草彅くん。主演俳優の隣で初号試写⁉ 緊張を通り越して戦慄すら覚える。

「どうスか調子は？」

「ちょっと喉が。昨日まで舞台やってて……あ、監督観に来てくれなかったね（笑）」

墓穴を掘ってしまった。そして上映開始。

気になる。笑える場面は笑い声で推し量れるけど、そうじゃない場面ほど反応が気になる。約2時間、途中で怒って帰ったりしない限り、暗闇の中で草彅くんの息づかいに一喜一憂するのか。

ふと、前にも似たような状況あったなと、思い返してみた。

8年前（2005年）、初監督作『真夜中の弥次さん喜多さん』の何回目かの試写。やはり時間になっても客電が消えず、しばらく待って目の前の空席に座ったのが、アーサー王役で出演して下さった中村勘三郎さん。当時はまだ勘九郎さんでした。本編が始まるとワッハッハと特徴的な笑い声が聞こえホッとしたのですが、ご自身の出演シーンになると笑い声がピタリと止んだ。そして突然前のめりになって息を殺しスクリーンを睨《にら》みつける。

「夜でもアーサー！」

ヤバいよ。そんな厳しい顔で観るシーンじゃない。ダジャレだし。むしろ一番笑って欲しい場面なのに。終演後「ちょっとやり過ぎた？」と不安げに仰っていた勘三郎さん。いやいや！「ちょっと」も何も、夜でもアーサーですから！　やり過ぎくらいがちょうど良い役ですから！　と、よく分からない理屈で励ましました。どんな作品のどんな場面でも自分の芝居には徹底して厳しい方だったなあ。

草彅くんからは開口一番「この映画カッコいいよ！」という最高の褒め言葉を頂戴しました。ありがとう。春公開です。

（2013年1月3日号）

「笑って泣ける」

よく聞く、そして時に言われる、大雑把で好きになれない言い回し

あまりに大雑把で好きになれない言い回し。

「笑って泣けるハートフルなコメディ」と聞くたびにイラっとします。思考停止も甚《はなは》だしい。「宮藤さんらしい、もっと全体的に笑って泣ける脚本になりませんか？」恐ろしいことに、そんな身も蓋もないことを言う人が実際いるんです。

萎《な》えるわあ。

「コックさんらしい、もっと全体的に美味しくて体にいい料理作れませんか？」ってくらい屈辱的です。

僕自身が「笑って泣ける」と謳っている映画で笑ったことも泣いたこともない人間だから余計に腹が立つのか。そもそも「笑う」のも「泣く」のも不特定多数の観客であり、よ

り多くの人が笑い、より多くの人が泣いた作品がヒットするのだとしたら、それはもう、どんな手段を使ってでも笑って泣かしたろか！　合戦になっちゃうじゃないか。

何故のっけからこんなに憤《いきどお》っているのか。

「脱・笑って泣けるコメディ」を目指して作った最新作『中学生円山』。初号試写を終えて寄せられた感想は大まかに以下の3つでした。

「笑いました」

「泣きました」

「笑って泣きました」

うそおん！

もちろん好意的な意味で言ってるのは分かる。だからこそ複雑です。どこまでも俺につきまとう「笑って泣ける」を、この際掘り下げてみようと思います。無自覚に「笑って泣ける」という表現を使っていますが、実は2通りの意味があるんじゃないでしょうか。

ひとつは「笑った後に泣ける」作品。もうひとつは「笑っても泣いてもいい」作品。

一般的には前者の意味で使われますね。前半ドタバタで最後ちょっとしんみりする。古くは寅さんシリーズとか『木更津キャッツアイ』なんかも一応そうなのかな。余命半年と言ってるし。

問題は後者。笑っても泣いてもいい。視点によっては泣くことも笑うこともできる作品。ひょっとして今僕が目指しているのはこっちなのかも知れません。同じ場面を観て「笑えた」という人もいれば「泣けた」という人もいる。どっちの反応も正解。そんな映画。

よく例に挙げるのですが『ダンサー・イン・ザ・ダーク』という重たい重たい映画のラストシーンで観客がすすり泣く中、俺だけ笑いが止まらなくなって睨まれた事があります。今でも思う。あれは絶対にギャグだと。もし監督がギャグのつもりで撮ってたら俺の一人勝ちだ。

逆に、ギャグが見事に決まり過ぎて泣いちゃうケースもあります。『ブルース・ブラザース』のクライマックスとか絶対泣いていいと思う。

比較対象が名作ばかりでピンと来ませんが「泣く」のも「笑う」のも初見のお客さんなわけですから、どこで笑ってどこで泣くか分からないわけで、それを予め狙うなんて無駄だし無粋です。

そう言えばこんな感想もありました。

「どの場面でも常に誰かが笑ってる試写でしたね」

やっぱり『中学生円山』は、笑っても泣いてもいい映画です。

（2013年1月24日号）

「なぜ……」

『中学生円山』の取材で質問されるだろうと思われるセリフを妄想して

『中学生円山』の公開日が5月18日に延期になりました。はい。4月20日に劇場行ってもやってません。

こういうの、ネットで憶測を呼んだりするんだろうなあ。不適切な表現があったのでは？　と。中学生が背後から手を回して女性の乳首を隠してたとか。その中学生のチンチンが丸出しだったとか。中学生丸出し。そんなんじゃないの！　映画は完成してるし乳首はギリ出さずに済んだ。クレームつけられる要素も今のところ一切ありません。

じゃあなぜ延びた？

しっかり宣伝活動をするためだそうです。

忘れてました。映画が完成しても監督には宣伝という、ある意味もっとも重要なミッシヨンが残っているのです。「〇〇をご覧の皆さん、宮藤官九郎です！　映画『中学生円山』観てください！」の〇〇部分に色んな番組名を入れて連呼する、そのための延期なんですな。わかりました！

基本的には有り難いと思っています。数ある公開作の中から僕の映画を選んで取り上げてくれるわけですから。ただねえ。何媒体も連続で取材受けていると集中力が切れてしまう瞬間がある。人間だもの。まして質問が被ったりすると……。

大目に見て欲しい。訊く側は1回目でも訊かれる側は数十回目なんです。前作の時は宮﨑あおいさんと2人の取材が多かったのですが「『篤姫』の撮影と並行して撮ったそうですが、どのように気持ちを切り替えましたか？」という質問が本っ当に多くて、後半は「あおいちゃんは現場が好きなんだよね！」って俺が答えてました。

今回も被るのかなぁ。被るんだろうなぁ。だったら予めシミュレーションしとこうか。

「なぜ中学生なのか」

これは来る。絶対に。1問目に来る。『少年メリケンサック』の時も1問目は決まって「なぜパンクなのか」でした。

なぜって聞かれても「好きだから」以外に答えようがないんですよね。スピルバーグに「なぜ宇宙人なのか」って聞いてもそう答えたと思う。「宇宙人好きだから『E.T.』撮りたい！」が発想の原点だと思います。中学生のどこが好きか？　うーん、未熟なくせに自意識過剰で、思い込みが激しいところかな。好きっていうか、それが映画のテーマなので。

「なぜ円山なのか」

これはどうだろう。なぜ『丸山』じゃなくて『円山』なのか。どうでもいいか。字ヅラですね。あと、知人に丸山さんがいたので「俺がモデル？」とか言われるとちょっとウザいな、とか。

「なぜ団地が舞台？」

これは明確な理由があります。過去2作が図らずもロードムービーだったからです。今回は意地でも移動しないぞ。なんならずっと同じ部屋で撮ってやる！　という意気込みで、動きようのない団地を舞台に脚本を書きました。自分が東北の田舎暮らしだったので、団地や高層マンションに強い憧れがあるんです。性格も見た目も真逆のキャラクターが同じ間取の部屋に住んでるなんて！　それだけで映画的だしワクワクします。

なんだ。結構喋れるじゃないか。

（２０１３年１月31日号）

「中学生あまちゃん」

『円山』と『あまちゃん』の宣伝期間が重なって、思わず手帳に書いた言葉

『中学生円山』と『あまちゃん』の宣伝期間が重なってしまい、手帳にそう書いてしまいました。

取材日というのが決まっていて、その日は東映やＮＨＫの会議室を行ったり来たりして何媒体も取材を受けます。

最近は５～６媒体での合同取材が増えて来ました。各誌のライターさんがレコーダーを俺の前にズラッと並べて順番に質問する。

「草彅さんを起用した理由を教えて下さい」

これなら同じ質問に何度も答えなくて済む。丁寧に１回答えれば５誌に載ります。丁寧×５。効率的。反面、虫の居所が悪くて、つい態度が横柄になったらそれも５誌に載っち

ゃう。横柄×5。

「見どころ？　全部っす」

「全部だよ全部（笑）」

「全部です、って書いといてよ（苦笑）」

「つーか、今さら見どころとか聞く？（失笑）」

「ぜんぶおもしろいよー（爆笑）」

そうなんです。俺は1回しか答えてないのに、5人のライターさんが個別に書くので、ニュアンスも5通りになっちゃう。意味なくニヤニヤしてると（苦笑）とか（失笑）とか書かれちゃう。A誌では「草彅さん」って呼んでるのにB誌では「つよぽん」になっちゃう事もあり得ます。

「草彅さんとは、いつかご一緒したいと思っていました」

「つよぽんとはさあ～、いつか一緒にやりたいな～ってえ、思ってたんだよね～（笑）」

元は同じ発言なのに印象がぜんぜん違いますよね。前者はちょっと堅すぎるし、後者はもはや、ローラ？　ライターさんが俺にどういうイメージを持ってるか、どういう人間だと読者に思わせたいかが如実に表れます。

ヤン・イクチュンさんと対談しました。

自ら監督&主演した『息もできない』が世界的に評価され、昨年はヤン・ヨンヒ監督『かぞくのくに』で冷徹な監視員を演じた、今最も次回作が待たれる映像作家にして俳優……が『中学生円山』に出てる。元韓流スターの修理工の役で。オファーしといて、ヤンさんが快諾してくれたら、こっちのキャスティング担当者が「本当ですか?」と聞き返したそうです。しかも今回、取材のためにわざわざ来日してくれました。

嬉しい。ただ問題は韓国語。俺なんて「アニョハセヨ」と「カムサハムニダ」と「スンドゥブ」くらいしか知らないし、恐らくヤンさんも「ありがとう」と「こんにちは」と「おにぎり」くらいのもんだろう。果たして会話が嚙み合うのか。

当日、なんと通訳の方が2人もついてくれた。記者の質問を韓国語に訳す人と、ヤン氏の回答を日本語に訳す人。そして例によって5媒体による合同取材。しかもライターさんの殆《ほとん》どが韓国語に堪能でハングルがばんばん飛び交う。なんだ? この孤立感。俺だけ理解できてない時間が長い長い。雰囲気で褒められてるのは分かるんだけど、しばらく経ってから通訳の方に冷静に褒められるので、どうも温度差がある。最後の方は通訳を待たず「かむさはむにだ~」って言ってました。

(2013年3月28日号)

「個性的な……」

新聞記者の質問に真面目に答える中学生・平岡拓真くんのセリフ

『あまちゃん』放送は始まったばかりですが俺はそろそろ佳境です。今120話を書いてます。現場は80話あたりを撮っているはず。120話を書きながら1話の感想を聞き80話を撮っている監督と打ち合わせ。

パニックです。

そもそも朝ドラを書くという意識で1年ほど頑張って来ましたが昼に再放送やるんですよね。BSだと夜もやってる。朝昼晩ドラじゃん。それでも見逃した人のために週末には一挙放送って、逆に観ない方が難しいくらいです。迂闊《うかつ》にテレビ点けると結構な確率で♪ぱ〜ぱ〜ぱ〜ぱ〜っぱぱぱぱぱってていうメインテーマが流れ、能年さんがジャンプしてくる。元気が出る！　と評判の曲ですが、俺にとっては不穏な旋律。

そんな、絶賛あまちゃんノイローゼ状態の春、『中学生円山』の地方キャンペーンも並行してやってます。先日も平岡拓真くんと2人で大阪と福岡に行き、のべ30媒体ぐらいの取材を受けて来ました。中学生と2人旅です。

新大阪のホームに降り立った平岡くんは取材モードのちょいシャレファッションにキャリーバッグ、そしてでっかいダテめがね。その見事なダテっぷりは大人だったら完全におのぼりさんですが、中学生だから好感度アップです。

東映関西支社に着くと平岡くん正装（学生服）にお着替え。なんだよ。あのちょいシャレファッションは何だったの？

「宮藤さんと初めてお仕事したのは、『11人もいる！』というドラマです」

新聞記者の質問に真面目に答える中学生。それを保護者の心境で見守る俺。いいぞ拓真。好調な滑り出し。前もって考えて来たのでしょうが、それでも立派！

「その時はとても個性的な役をやらせていただいて。それまでは、どちらかというと……個性的でない役が多かったので……個性的な役をやるのが楽しくて」

うん、ちょっと「個性的」が多すぎるけど、ハキハキと答える。

「だからこの映画も……個性的で、衣装も個性的で、監督は……個性的な方で、演出も個性的で」

どうした拓真？　「個性的」しか言ってないぞ。今日は「個性的」で押し通すと決めたのか？

「草彅さんは、すごくコセイテキな……コセイテキで……コセイテキも」

だいじょぶか拓真！

考えてもみて下さい。15歳の少年が映画に出る。それだけで大事件です。しかも役名がまんま映画のタイトル。『E.T.』ならE.T.役ですよ。そりゃ力も入るわ。でもボキャブラリーは少ない。「個性的」というやっと見つけた必勝アイテムを駆使して大人と戦うしかない。取材が終われば普通すぎる中学生に戻り、麻婆豆腐の辛さに驚き屋台のラーメン食べながらコーラをおかわり。目標とする俳優さんは？　の質問には迷わず「堺雅人さん」と答え、誰もが、そこは草彅剛じゃないの？　とヤキモキする。

そして最後に一言と訊かれると必ずこう答えます。

「最初から笑えて、最後には泣けて、子供からお年寄りまで、楽しめる……コセイテキな映画です」

ありがとう拓真！

（2013年4月25日号）

「僕もね、トライしましたよ」

取材で多くの男性ライターがニヤニヤしながらカミングアウトしたセリフ

『中学生円山』がイタリアのウディネ映画祭のコンペ部門に招待されました。嬉しい。身に余る光栄です。しかし『あまちゃん』執筆との折り合いがつかず、残念ながら現地に行く事は出来ません。

見たかった。イタリア人の反応。悔しいので映画祭のホームページを覗いてみました。日本から出品される映画には英題と共にジャンルをあらわすフレーズが付いている。例えば『のぼうの城（The Floating Castle）』は『epic-action』。なんだろ。史実を元にした活劇って意味でしょうか。『鍵泥棒のメソッド（Key of Life）』が『black comedy』。まあ納得。で、我が『中学生円山（Maruyama,The Middle Schooler）』はどう紹介されているか。読んで我が目を疑いました。

『self fellatio-comedy』

おいおいおい！　何してくれてんだよイタリア人！　軽いネタバレだよ。しかも、よりによってセルフフェラ〇オ・コメディって！　怒られる前に自主的に〇入れちゃいましたよ。

確かに、そういう場面あります。中学生がセルフホニャラチオしたくて柔軟体操に夢中になる、という描写。でも、そればっかりやってるわけじゃないよ。初恋も友情も家族愛もある。だいたいセルフホニャラチオ・コメディなんてカテゴリーないし。ＴＳＵＴＡＹＡ行って「この商品はセルフホニャラチオ・コーナーに移動しました」とか、そんなの探さないもの。

誤解しないで下さい。『中学生円山』は決して下ネタ映画じゃございません。純然たる青春映画なのです！　マジで。おかげさまでＲ指定も、ＰＧ12すらついてない。子供でも観れる。倫理的にはプリキュアや『相棒』の仲間なんです。

「僕もね、トライしましたよ」

取材で多くの男性ライターがニヤニヤしながらカミングアウトします。セルフ～の話です。そう言われても俺は「ですよね～」以外にどう答えていいか分かりません。

中には「私、届いたんですよ！」と、まるで昨日のことのように興奮気味に自慢する50

代ぐらいのカメラマンもいた。え？　昨日届いたの？

考えてみたら不思議な衝動ですよね。誰に教わるでもなく、もちろん雑誌やテレビで取り上げて流行ったわけでもないのに、中学生男子はみな一度はトライする。そして、とてつもない罪悪感に襲われるのです。うわあ、俺なにやってんだよ。なんで自分で⁉　頭おかしいのか？　この世で一番エロいんじゃないか？　Ｅ（エロ）－１グランプリの覇者なのか？

とても他人には相談できない。オーソドックスな自慰行為については学校で情報交換できるけど、セルフ～はアブノーマル過ぎて、大多数の人が自分だけと思い込んだまま、罪悪感と共に封印してしまう。

男性はそんな罪悪感からようやく解放され、また女性は知られざる男子の生態に驚き、爆笑し、最終的には愛おしくなる。そんな映画『中学生円山』は5月18日公開。ちなみにfellatioはラテン語だそうです。

（２０１３年5月2日号）

「なんだよそれ！」

救急外来の対応の悪い職員にイラッとして、思わず怒鳴ってしまったセリフ

テレビに出まくりました。映画『中学生円山』のプロモーションで。

有吉弘行さんが以前、宣伝でテレビ出るなら「出てやってる」のか「出してもらってる」のかハッキリして欲しい！　と仰ってましたが、卑屈なまでに後者の姿勢で出続けました。

一番ドキドキしたのは『SMAP×SMAP』。5人揃った時の輝き、ハンパなかった。そんなSMAP相手にオーラ無し男が脚本の授業をするという、やる前は公開処刑のような心境だったのですが、そこは百戦錬磨の生徒たちが、教育実習生を誘導するように進行してくれたおかげで、放送上きっちり成立しているように見せてくれました。使われてない部分は俺があまりにも挙動不審だったと思って下さい。

逆に、水中にいるのかと思うぐらい身を任せてしまったのは『アカン警察』。ここで俺

のダウンタウン愛を語ったら大変なことになりますが、今もってあれは本人だったのか、ダウソタウンソだったんじゃないか？　というくらいホワ～ンとした時間。にもかかわらずオンエア観たら自分のコメントが生かされている。全身麻酔で胃カメラ飲んで、あとでその写真を見ているみたい。ぜんぜん良い喩《たと》えじゃないけど。

短期集中でテレビに出ると視聴者の潜在意識にすり込まれるのか、二度見される確率が急に上がりました。

「顔色の悪いガチャ歯の脚本家」「帽子野郎」「貧相な監督」「クドカン似の不審者」「にせホリケン」。どのようにすり込まれているのかは不明ですが、普段全く他人の目を気にしない生活を送っているので若干のストレスを感じます。電車に乗ってたら、これ見よがしに「じぇじぇ！」とか言われるし。「じぇじぇＪＲ？」って返せばいいのかな。それ以前に電車に乗らなきゃいいのか。

たまたま奥さんの留守中に娘が熱を出しました。もう小２だし病院に行くほどじゃないかな？　と思いつつ、風邪の症状が出ないので逆に心配になり、とりあえず家を出て救急外来に電話した。

「はあ～い」

あからさまに食事中の男性職員の応対に少しイラッとしながらも、努めて冷静に容態を伝える。

「ひょうひょうお待ちくらはい」

熱々のおでんでも食べてんのかな？　と待機音（エリーゼのために）で気持ちを落ち着かせ信号待ち。娘は父の体に寄りかかり「ううー」と唸っている。

「連れて来られてもウチじゃ見れませんよぉ？」

耳を疑う女性の声。医者なのか看護師なのか。信号が青に変わった。

「小児科ないスから、よそ行って下さい」

「なんだよそれ！」

思わず怒鳴ってしまったのですが、その瞬間横断歩道の向こうから歩いて来た若者が俺と同等の大声で「わ！　クドカン！」と叫んだ。

「なんだよそれ！」

「わ！　クドカン！」

電話の向こうの女性にも聞こえるんじゃないか？　っていう若者の大声にいかんいかんと我に返り、電話を切りタクシーを止め、別の救急外来に向かいました。

逆にクドカンで良かったです。

（2013年6月13日号）

「たこ焼き専門？」

売り込みの組長が去った後、三宅弘城さんが言ったセリフ

ポン・ジュノ監督の最新作『スノーピアサー』を一足先に観ました。すごかった。本当に。これと『土竜《モグラ》の唄』を劇場で観られる。それだけで２０１４年が俄然楽しみになりました。

今年は『オールド・ボーイ』のパク・チャヌク監督も『イノセント・ガーデン』でアメリカ映画に進出しました。

『スノー～』はソン・ガンホが出ているシーン以外は全て英語。絵面はほとんどハリウッド娯楽大作です。『イノセント～』にはソン・ガンホすら出てない。キャミソール姿のニコール・キッドマンが目を充血させて男を誘う場面もある。それなのに、どちらも監督の個性が爆発している。

脚本＝言語で表現することが多いせいか、自分の作品が海外でどう思われるか、あまり気にせずに生きて来ました。でも『中学生円山』で韓国の俳優ヤン・イクチュンさんに出てもらって、言葉が通じなくても（通訳がいれば）演出はできる！　と確信しました。そんな『中学生円山』が韓国の映画祭で上映されて、言葉が通じなくても（字幕があれば）爆笑が起こることを知りました。逆に日本人同士の方が、言葉の裏を読み取ったり、細かいニュアンスに引っかかったりして、お互い本質に手が届かないままスルーしてるんじゃない？　そんな問題意識すら持つようになりました。言葉がコミュニケーションの邪魔をしてるんじゃない？

言語の違う国へ行って、言語の違うスタッフやキャストと仕事。ものすごく消耗すると思う。だからこそ、わかり合えた瞬間の喜びは大きいのかも知れません。

「中学の頃、僕もチャレンジしました」

ヤンさんが台本を読んで、そう言ってくれた時は嬉しくて思わず両手で握手してしまった。

「だよね！　自分のチンコ舐めようとしたよね！」

スタッフもみな目を輝かせ喜びを分かちあった（女性通訳を除く）。そんな本質的な部分を理解してくれたら言葉なんてどーでもいい。むしろ言葉が通じないからこそ本能で繋がったと錯覚すらできてしまう。

言葉が通じるのに心が通じない例として適切かどうか分かりませんが、舞台の本番を終えて劇場を出た所で、サングラスをかけた、見るからに強面《こわもて》の、８９３系の男性が近づいてきて名刺を渡されました。

「高倉組」「組長」の文字を見て、条件反射で土下座しやすい体勢をとると、意外にも丁寧な口調。

「私、悪役専門のプロダクションをやっておりまして」

早い話、売り込みだったのです。名刺の裏にはＴＡＴＯＯモデルからボディーガードまでとある、悪そうな奴ならだいたい演《や》れる、悪の百貨店のような事務所なのですが、その組長が去った後、一緒にいた俳優の三宅弘城さんがこう言った。

「え？　たこ焼き専門？」

もともと三宅さんは空耳が多い人なのですが、ここまで秀逸なのは久々。「悪役」と「たこ焼き」。確かに組長、たこ焼き焼いてそうなビジュアルだった。こういうのがあるから、まだまだ日本語にこだわって作品作りたい、とも思います。

（２０１４年1月2日号）

「あ」

沖縄のタクシーのナンバープレートの平仮名

沖縄国際映画祭で『中学生円山』の上映があったので、ついでに3泊4日の沖縄旅行に行きました。

奥さんと娘（8歳）は初めての沖縄。俺も仕事でしか行ったことない。美《ちゅ》ら海《うみ》水族館や首里城など、王道観光コースを巡り、サーターアンダギー食べながら那覇の国際通りをブラブラしてると、娘がデジカメでバシャバシャ写真を撮っている。

「さっきからなに撮ってんの？」

「あ」

自慢げにデジカメの画面を見せてくれた娘。それはごく普通のタクシーの写真でした。

「タクシーじゃん」

「送ってみ」

矢印ボタンを押して画像を送るとタクシーの写真がこれでもかと出て来る。その数ざっと30台。どういうこと？　わざわざ休みとって沖縄来たのに、なぜタクシー？　シーサーもジンベイザメもハブもマングースもいるのに。お父さんは軽い戦慄を覚えた。

「ぜんぶ『あ』だよ」

意味が分からない。困惑してると、娘は画像を拡大してみせてくれた。

「あっ！」

「ね？『あ』でしょ？」

娘いわく、沖縄のタクシーはナンバープレートの左側の平仮名がぜんぶ『あ』なんだそうです。言われてみれば確かに、あのタクシーも！　あれも！　こっちも！　行き交うタクシーことごとく『あ』ナンバー。さすが我が娘、目のつけどころが常人とは違う。

でもなんで？　ここはビシっと正解を決め「さすがお父さん」と尊敬の眼差しを獲得したい。というわけで扱い慣れないスマホを操り『沖縄』『タクシー』『あ』で検索。

「あぐーとアグーは種類が違う」

スマホのやつ、『あ』と『沖縄』に反応して全然関係ない記事を引っ張って来やがったぜ。

ちなみに「アグー」豚がブランド化したので「あぐー」という商標が使えなくなったとか。

豚に詳しくなってる間に奥さんが「沖縄はタクシーの台数が少ないからじゃない？」という、説を提唱した。

「なるほど。『あ』だけで1から9999まで、ほぼ1万台あるわけだもんね」

一方、娘は理由とかはどうでも良いらしく、ひたすら『あ』の写真を撮りまくり興奮状態。「『あ』が来た！」「こっちからも『あ』！」しまいには「ねえ、『あ』に乗ってホテル帰ろうよ」と、タクシーそのものを『あ』呼ばわり。もはや『あ』を見るために沖縄に来たんじゃないかと錯覚し始めた頃、悲劇は起こった。

「あれ見て」奥さんに促され信号待ちしているタクシーを見ると……。

『い』

まじかよ。まさかの『い』ナンバー登場。これは……娘に見せるべきか。

「沖縄のタクシーは全部『あ』だった」ということにして帰った方が良い土産話になるんじゃないか？　と迷ってる矢先、隣で娘がデジカメを構えて固まった。

「『い』って何だよ！」

それから立て続けに『い』タクシーが数台通りかかり、娘は憮然とした表情で見送りましたが、辛うじて『う』には遭遇しませんでした。

どなたか本当の理由、ご存知ないですか？

（２０１４年４月24日号）

大パルコ人②バカロックオペラバカ

高校中パニック！小激突!!

2013 ／ Stage

パルコ劇場40周年記念公演。2022年の東京・渋谷は
バスケットボールストリート（旧センター街）を境にして、
聖ファイヤーバード高校（ヤバ高）とグレッチ工業高校（グレ工）が
熾烈な抗争を繰り返していた。幼なじみのムカデとカゼギミは
ヤバ高とグレ工に分かれて進学していたが、そこにギャグと下ネタと
バカ満載の新たな抗争が巻き起こる！　劇中歌に上原子友康
（怒髪天）、向井秀徳、横山剣（クレイジーケンバンド）が参加。
出演：佐藤隆太、勝地 涼、永山絢斗、川島海荷、三宅弘城、
坂井真紀、綾小路 翔ほか

「押忍！」

僕が通っていた県内唯一の
バンカラ校の挨拶

1年半ぶりに舞台に立ちます。しかも高校生のヤンキー役で。作と演出も兼ねた公演『高校中パニック！小激突!!』。佐藤隆太くん、勝地涼くん、永山絢斗くんら若者に混じって、43歳一児の父が学ランに身を包み「なに見てんだコノ野郎！」とか「上等じゃねえかコラ！」とか叫ぶのです。どうかしてる。台本を読み返し今、途方に暮れています。いや、もちろん面白いんですけどね。

2022年の渋谷は何故かヤンキーの巣窟になっている。喧嘩に明け暮れる近未来のヤンキー達。その頂点に立つ、伝説の番長を演じるのが氣志團の綾小路翔さん。とても『あまちゃん』から間髪入れずに書いたとは思えない。バカが考えたロックミュージカル。なんでこんなのやろうと思ったんだろう。

僕は決してヤンキーではありませんでした。だからこそヤンキーと聞くと、憧れと畏怖《いふ》と失笑と心配で胸がいっぱいになる。道を踏み外さずに済んだという安堵と、踏み外す勇気すらなかったという劣等感。だから我々は大人になってもヤンキー漫画を読み、伝説の先輩の武勇伝を熱く語り合うのです。

高校時代の話は特殊過ぎて共感してもらえないのですが、僕は県内唯一のバンカラ校に通ってました。

『ハイカラ』のアンチテーゼとして生まれ「粗暴」「野蛮《やばん》」という意味を持つ『蛮カラ』。試しに「バンカラ」で画像検索してみて下さい。汚いのがいっぱい出て来ます。

当時の僕には不良と野蛮の違いが分からなかった。自分ではヤンキーのつもりで、ボロボロの学帽をかぶり腰に手拭いをぶら下げ、下駄を鳴らして登校していた。挨拶は「押忍！」。花の応援団の世界です。

当然モテませんでした。ヤバい。このままじゃ青春を棒に振ってしまう。危険を感じた同級生が先輩の目を盗んで徐々にヤンキー化していく。太めのズボンを穿き、学ランの丈を伸ばし手拭いを隠す。ヤンキーとバンカラの中間『ヤンカラ』が誕生しました。気がつくと下駄を履いているのは僕を含めて３人ほど。

それでも僕は頑《かたく》なにバンカラを貫いた。ちょっと美意識も感じていたし、生存競争の激しそうなヤンキー社会に足を踏み入れる度胸が無かった。やがて雑誌『宝島』でパンクロックに目覚め、下駄の方がパンクじゃね？　という理屈で独自の『パンカラ』道を突き進んだ。

転機はあっさり訪れました。スーパーの駐車場で他校のヤンキーにからまれた時、下駄のせいで僕だけ逃げ遅れたのです。どうにか細い路地に逃げ込んだもののカランカランという音のせいで居場所を突き止められてしまう。

カランカラン

「そっち行ったぞ！」

カランカラン

「こっち来んなよ！」

仲間からも拒絶され、泣く泣く下駄を自転車のカゴに入れ、裸足で帰りました。

ヤンキーに成りそびれた高校生が25年の時を経て地に足の着いた大人になり、ヤンキーなど一人もいない現代の渋谷で挑むヤンキー演劇。どうぞ観て笑って下さい夜露死苦！

（２０１３年10月24日号）

「セリフ、難しいっす」

彫りの深い目元をさらにキリッとさせた永山絢斗くんが呟いたセリフ

今、目の前にハンサムが3人います。

佐藤隆太くん、勝地涼くん、そして永山絢斗くん。ざっくり言うとイケメン俳優のカテゴリーに入る彼らが「なんじゃわれィ！」とか「いてこますぞ！」とか「エロ本買って来いや！」とか叫んでいる。毎日。仲が悪いわけではありません。お芝居の稽古です。みんなヤンキー役。つまり仕事で叫んでいるのです。

つくづく二枚目は得だ。黙って立ってるだけで「カッコいい」という情報が発信される。ファッション雑誌みたいだ。三枚目もそれはそれで得です。表紙を見ただけで笑いが生まれる。雑誌に喩えると『コロコロコミック』ですね。

問題は二でも三でもない、中途半端なラインに位置するグループ。たぶん俺ここ。見た目からは何の情報も発信できないし笑いも生まない。雑誌で言うなら『週刊文春』？　中身は濃いわりに表紙があっさりしてる。

「セリフ、難しいっす」

彫りの深い目元をさらにキリッとさせて、永山絢斗くんが呟いた。え？　二枚目を苦悩させるほど難しいセリフなんてあった？　絢斗くんが開いたページには、こう書かれていました。

『出てこいや』

……難しいかな。

「難しいっす」

「どこが？」

「言い方が」

自分なりに何度か言ってみた。出てこいや。出てこいや！　出てこいやあ！　全然難しくない。

「『出てくれば？』でもいいけど」

甘いマスクに負けて妥協案を出してしまったけど『出てくれば？』はヤンキーじゃない。絢斗くんも納得してない。半分冗談で「じゃパンチパーマかけたら言える？」と訊いてみ

たら、絢斗くんパッと笑顔になり、

「あっ、だったら言えるかもしれません」

なんで⁉

『ＲＯＯＫＩＥＳ』の熱血教師役も記憶に新しい佐藤隆太くんも今回は高校生。

「僕、この場面どうしてたらいいですか？」

「つられて一緒に踊っちゃおうか」

不安そうにしているのでこう付け加えた。

「本番は裸だけどね」

隆太くん、ホッとしたように会心の笑顔で、

「分かりました！」

素じゃ出来ないこともパンチや裸なら楽々クリア。二枚目の精神構造はやはり謎です。

自ら望んでカッコ良く生まれたわけじゃない。でもカッコ良い。彼らにとって「カッコいいね」という言葉は、シマウマが「縞縞だね」と言われるくらいピンと来ないんだろうな。

だからハンサムはどことなくバカっぽい。褒め言葉ですよ。試しに隆太くんや絢斗くんが腰カクカクさせて「血ぃ吸うたろか」とか「あへあへあへ」とか言ってる姿を想像して下さい。寛平ちゃんの３割増しでバカに見えるはず。

「甘いマスクで隠しきれないインテリジェンスの欠如」からバカンサム界最強の称号を得た勝地涼くん。今回も誰に教わったのか「下ネタは必ず女優さんの目を見て」という、前髪クネ男並みの演技プランで他の追随を許しません。
三枚目だったら逮捕されてると思う。

（２０１３年11月28日号）

「そんなに面白くなくていいや！」

楽しんどい全60公演を控え、つい口から出た大きめの寝言

２０１３年が終わろうとしている年の瀬に、舞台の幕が開きました。

バカロックオペラバカ『高校中パニック！小激突!!』の舞台の脚本と演出、チョロっと出演もしています。

全60公演。しんどい。楽しんどい。もちろん面白いと信じて作っている。でも時にしんどさに面白が勝てない瞬間がある。ついに今朝、自分の寝言で目が覚めました。

「そんなに面白くなくていいや！」

夢の中とはいえ何を言ってるんだ！　面白だけを追い求めて22年間やって来た男なのに。悔しい。渋谷のド真ん中のパルコ劇場で、人気者を集め予算をかけてバカバカしいことをやる。若い時になあ、こういう贅沢な環境で芝居やれてたらなあ。若さしかなかったあ

の頃、若さだけが足りない今。どっちが幸せなんだろう。

かつて新宿にTHEATER／TOPSという劇場がありました。キャパ200人足らずの小劇場ながら東京サンシャインボーイズの最終公演が行われた小屋で、20歳そこそこの僕にとっては憧れの場所。

ただ、いかんせん狭い。雑居ビルの1フロアがまるまる劇場で、楽屋はギュウギュウに詰め込んでも10人が限界。新人の我々は舞台の真下の奈落スペースに鏡と電灯を置いて、そこを無理やり「楽屋」と呼んで使っていました。この経験が後に『あまちゃん』では、アメ横女学園の劇場の「奈落」として活かされるのです。

高さ1メートルほどの、立ち上がる事すらままならない低い低い天井の上は舞台。先輩俳優がイキんでセリフを言うたびに天井がギシギシ鳴り埃が舞う。たちまち喉を痛めます。ある日「楽屋」に入ると昨日買ったばかりの龍角散のど飴が減っている。誰かが勝手に舐めたんだなと思っていたのですが、あまり何日も続くので、いい加減腹が立って先輩を問い詰めたがパクってないという。きつく密封しガムテープを貼ったら、袋を破って中身を出して持って行きやがった。そこまでして喉をケアするなら自分で買え！　そして数日後のまさに本番中、ついに僕は犯行を目撃しました。

犯人はネズミでした。俺の目を盗んで1匹の小さなネズミが、のど飴の袋をカリカリ噛んで破っている現場を見てしまったのです。マジか。

舞台上で役者が飛び跳ねドンと音をたてると、一旦は逃げて柱の陰に姿を隠すのですが、静かなシーンになると戻って来て袋をカリカリ。

小動物が苦手な僕は、それ以降のど飴を買うのをやめましたが、放っておいたら美声のネズミを集めて、世界初ネズミのミュージカルができたかも知れない。

あれから20年が経ち、ネズミのいない広い楽屋と豊富なケータリング、加湿器、精巧な小道具と衣装、優秀なスタッフに支えられ、歯磨き粉のチューブに残った最後の１回分をしぼり出すように、元気を振り絞って、残り58ステージ頑張るぞ！　……まだ２回しかやってないのか。


（２０１３年12月12日号）

「七人制ソース味だ」

『高校中パニック〜』の舞台上で綾小路翔さんが言い間違えたセリフ

紅白歌合戦の『あまちゃん』コーナーを審査員席でニヤニヤ見ながら、ああ、2013年は本当に良い一年だったなぁ〜と余韻に浸ってる間に2014年終わってくんないかな、と本気で思ってました。当然願いは叶わず1月4日の仙台から旅公演が始まった。『高校中パニック！小激突!!』という、あまりにもバカバカしく狂騒的なミュージカルです。合い言葉は「偏差値15で渋谷を制圧！」。バカなりに台本があり、役者もバカなりに、バカが考えたバカなセリフを一生懸命覚えて演じています。ところが、疲れてくると滑舌が甘くなる。口がバカになってセリフを噛んでしまう。噛んだ挙句、ぜんぜん違う言葉をハッキリと発してしまうという奇跡がまれに起こります。そんな偶然生まれたバカな名ゼリフを幾つか紹介します。

「七卵性双生児だ」

そう。七つ子が出て来ます。この時点で相当バカなのですが、ある日、綾小路翔さんはハッキリこう言ってしまった。

「七人制ソース味だ」

それを聞いた時、なんだろう、共演者が噛んだことに対する焦りよりも、新たに生まれたセリフのクオリティの高さに舌を巻いてしまった。翔やんは平謝りでしたが、僕は嫉妬すら覚えました。さすがだよ。七人制ソース味。なにそれ。しょうゆ味は何人制なんだ。

次は永山絢斗くん扮する体育教師が自分の性癖を告白する場面。

「俺はドMの熟女マニアだからね！」

これを絢斗くんはこんな風に噛んでしまった。

「俺はじょMのじょくじょマニアじゃからの！」

瞬間的にお爺ちゃんになってしまいました。

次は噛んだ結果のセリフを先に紹介しましょう。

「芸能界運動関係！」

なんだこれ。発したのは元々ミュージシャンだけど、その得難いキャラクターから俳優として抜擢された神戸在住のよーかいくんです。名前がそもそもバカなんですが、見た目も相当ヤバい。元々のセリフは？

「芸能人運動会やんけ！」

あれ？　元のセリフの方がバカじゃね？

ほぼ全編バカが溢れてこぼれそうな舞台。なのに何故でしょう、「泣いちゃった」という感想が少なくありません。特に年上の女性。木野花さんや渡辺えりさん、そして小泉今日子さんまで口を揃えて「笑い過ぎて泣きそうになった」と言ってくれました。

なんでだ？

演じる側は笑う余裕も泣く暇もない。みんな必死です。演出家としての言葉も「怪我しない程度に」とか「怪我すると笑えないからやめて」など、怪我と笑いに関することばかり。そんながむしゃらな姿が笑いと涙を同時に誘うのでしょうか。鮭の大群が川の上流を目指して泳ぐ映像を見て、あるいは孵化《ふか》したばかりのカニの大群が波にさらわれまいと砂浜を走る姿を見て、わけもなく涙がこぼれるように、バカが母性本能を刺激するのでしょうか。

そして最後は半ば呆れたようにこう言われます。

「これ、毎日やってるんですか？」

年末年始、いちばん言われたセリフです。


（２０１４年１月23日号）

「泣く・笑う・握る」

名プロデューサー、マキノ光雄氏が脚本家に檄を飛ばした時のセリフ

「筆が速い」と言われることがあります。

確かに台本が間に合わなくて公演中止とか撮影延期とか、そんなワイルドな経験は一度もありません。芝居の台本は稽古初日までに。連続ドラマならクランクイン時に4話ぐらい。映画はケースバイケースですがインの半年前に準備稿、２ヶ月前に決定稿。そんな感じで書けば怒られずに済む。それどころか「こんなに早く頂けて」とお礼まで言われたりする。

なんだか複雑です。

筆が遅くて担当者が隣の部屋で待ってる、なんて状況に憧れます。

そもそも速さを競ってるわけじゃない。時間かければ良いものが書ける保証もない。周

囲からの重圧だけが増し、面白いかどうかすらどうでも良くなる。僕の場合、自分を追い込んでまで良いものを書く自信がないから、せめて速く書こうとしてるだけなんです。

ページ数と執筆時間が比例するかというと、どうも違うみたい。今やってる舞台『高校中パニック！小激突!!』は、直前まで朝ドラの台本を1日1話ずつ書いていたので、そのペースで書けたらいいなと挑戦してみた。

15分を1日で書けるなら、2時間半＝150分の芝居は10日で書けるはずと踏んだのですが、結果は惨敗。2ヶ月もかかりました。今書いてる『万獣こわい』という芝居の台本はさらに厄介で、久し振りに稽古初日に間に合わないかも知れない。これじゃ遅筆先生の仲間入りです。

なぜなんだ。同じセリフとト書きだけで成り立ってるものなのに。

考えてみれば1人の人物を半年かけて15分ずつ描くのと、2時間半で一気に描くのでは、使う言葉も熱量も変わって来るのは当然です。演劇では、ひとつのセリフで10も20も語らないと描ききれない。つまり、書かれてない部分も実は書いているんじゃないか。だから時間がかかる。という結論に達しました。

スタイリストの伊賀大介さんから紹介されて『あかんやつら　東映京都撮影所血風録』という本を読んでいます。時代劇黄金期を支え、後に任俠映画を生み出した「カツドウ屋」たちの奮闘記。ひたすら熱く激しい実録本の中に、脚本家にまつわる記述がありました。

かつて東映京都は年間80本もの時代劇を製作していた。なんと4日で1本。地獄の量産体制の中で、脚本家は3本同時に書かされたり、3日で1本書いたそうです。恐ろしい。俺なんかむしろ遅筆だ。筆が遅い脚本家は拉致られ、旅館に軟禁されて「書け！」と迫られたそうです。

東映京都の創立メンバーで名プロデューサー、マキノ光雄氏は脚本家に檄《げき》を飛ばしたそうです。

「脚本には泣く・笑う・（手に汗）握るの三要素を入れろ。（略）後は頭とケツさえしっかりしておけばエエ」

ざっくりしてんなあ。でも真理かも知れない。映画館で笑って泣いて手に汗握ったらもう充分。それ以上の娯楽は無いと思います。まあ、笑って欲しいところで泣いたり、握って欲しいところで笑うのがお客さんなんですけどね。

（２０１４年１月30日号）

「LINEにアップしてえ」

「バカロス」の仲間達がLINEをやってると聞いて思わず呟いたセリフ

スマホにしようかな。

というわけで未だにガラケーと呼ばれる昔ながらの機種を使っているわけですが、いい加減スマート化の波に逆らえないと思い始めています。

バカロックオペラバカ『高校中パニック！小激突!!』という芝居が終わって1週間が経ち「あまロス」ならぬ「バカロス」状態に陥った俺以外のキャストがＬＩＮＥをやってることが判明しました。終わっちゃって淋しいね、また集まろうね的な（あくまで推測）やりとりを楽しんでいる。勝地涼くんなどは「こないだ執筆中の宮藤さんに会いにいっちゃいました」と、俺との2ショットを公開したという。その写真を俺は見れない。ガラケーだから。

ＬＩＮＥ。今まで頑なに聞き流して来た単語。しかし仲間達が、４ヶ月間苦楽を共にした戦友が集っていると聞いては無視できない。

「飲み会の写真、ＬＩＮＥにアップしてえ」

もはや正しいのか否かも判らない用例。限界か。本格的にガラパゴスにいる気分です。

でもなぁ。いかに少数派と言えどスマホに対する警戒心は依然強い。「すぐ慣れるよ」って人は言うけど、いやいや俺の機械音痴をナメて貰っては困る。人見知りならぬスマホ見知り状態が数年続くと思われます。

まず、あの本体の大部分が液晶画面なところ。誰かが電話で喋ってて咄嗟《とっさ》に「代わるね」と渡された時、毎回戸惑う。俺の耳の脂分が他人様のスマホ様に盛大に付着するんじゃないか。指でシュッて画像を送れるはずが、俺の耳脂のせいでヌベッてなるんじゃないか。一旦右に消えかけた画面が戻って来ちゃうんじゃないか。耳に押し当てないようにしているせいか通話もしづらい気がする。他人様のスマホ様を借りるたび、声どこで拾ってる？　俺の声ちゃんとそっち行ってる？　と不安で会話に集中できない。イヤホンして、スマホ様を水平に持って、あたかもクラッカーを齧《かじ》ってるような状態で通話している人を見かけますが、あれは何？　バーチャルな立食パーティーですか？

昭和育ちとしては、やはり電話は電話然としてて欲しい。受話器の形をしてて欲しいのです。

あと、押した手応えの無いボタンね。ガラとスマじゃ文字の配列が違うっつーじゃないですか。スマホ様に切り替えたての人からのメールには無意味に「?」がついてる。「了解です?」「ごちそうさまでした?」「楽しかったです?」

ひょっとして頻繁に使うキーの横に「?」があるんじゃないの? それを手応えないからうっかり押しちゃってんじゃないの? という「スマホに換えたてあるある」すら、もはや古くて共有できないんだろうな。

ドラマや映画の小道具としても圧倒的にスマホの使用頻度が高い。携帯電話が普及した時、フィクションの中ではもう「すれ違い」を描けない、と某脚本家が嘆いていましたが、今やドラマの登場人物は道に迷うことすらあり得ない。ナビ使えばいいじゃんて話になりますもんね。

うーん。とりあえずショップ行ってきます。


（２０１４年2月20日号）

大人の新感線

ラストフラワーズ

2014 ／ Stage

大人計画と劇団☆新感線が初コラボしたスパイアクション活劇。

25年前、チンピラ勝場は一旗揚げようと東欧のカジノに向かう途中でテロリストに遭遇、妊娠中の妻を差し出し、進化を果たした双子を手に入れる。その後、広域暴力団勝場組は勢力を拡大、在日オンドルスタン系暴力団辛龍会との抗争は激化していく。

そんな中、国際未解決事件捜査班・ミッシングの捜査官は謎の暗殺集団・ラストフラワーズの捜査を続けていた……。

出演：古田新太、阿部サダヲ、小池栄子、橋本じゅん、宮藤官九郎、高田聖子、星野 源、平岩 紙、松尾スズキほか

「だいじょぶ、そう見えるから(笑)」

死期の近いフォークシンガー役を与えられ、死因を聞いた時に言われたセリフ

久しぶりに、たぶん2年半ぶりに稽古場で原稿を書いています。

大人の新感線公演『ラストフラワーズ』に、純粋に俳優として出演します。劇団☆新感線、大人計画、オールスター競演ということで芸達者が揃っているため出番もセリフもそれほど多くない。

ヒマです。

いや、忙しい。アレの台本とアレのハコ書きと歌詞と原稿チェック、娘とプールにも行きたい。

でも稽古場に来るとヒマなんです。みんなどうしてるかな~と見渡すと、ストレッチなどで体を冷やさないようにしながら出番を待っている。俺もなあ、アクションとか歌とか

あればやるけど、病人の役なんでね。体冷えても問題ない。あんまりヒマで『ラーメンマップ』という携帯アプリをダウンロードしてしまった。GPSで今いる場所と、周囲にある全てのラーメン店が地図上に表示される。そこからラーメンデータベースに飛ぶと、ラーメンランキングで全国なん位か教えてくれる。なに⁉　俺が最強と信じて疑わない荻窪の春木屋が333位だと⁉　じゃあ1位は⁉　茨城県つくば市の店かぁ。しばしラーメンの世界にどっぷり浸かり、こんなことしてる位なら原稿書いた方がマシと、こっそりパソコンを開いて現在に至ります。

なぜ俺は病人の役が多いんだろう。古田新太vs阿部サダヲの激しいアクションシーンを見ながら考えている。病気の役、病気で死んじゃう役、病気じゃないのに死んじゃう役。今年入って健康だったの『極悪がんぼ』の変態弁護士だけ。咳きこむ芝居ばかり上達してしまう。しかも驚くことに、なんの病気か書かれてないんです。一応、自分の死因ぐらい知っておきたいので尋ねますが、

「だいじょぶ、そう見えるから（笑）」

既にそのリアリティは備わっていると。素直に喜べない。こう見えて意外と健康なのに。そりゃ阿部くんには敵わないけど、γ《ガンマ》-GTPの数値は古田さんより低いはずなのに。役に入り込み過ぎて私生活に影響が出る俳優さんがいると聞きます。ヤクザ役を演じる

と普段から荒っぽくなるとか。その法則でいくと、病人の役ばかり演ってたら病気になるんじゃないか？　病と闘いながら病人を演じる俺の演技を見た監督やプロデューサーから「ぜひ病人役で」とオファーが殺到。悪循環だ。病人に見えないビジュアルを手に入れないと。

てっとり早く太ろうと思った。痩せてるのがそう見える主たる原因だろうと、マップを頼りに昼夜昼夜昼と5食続けてラーメン食って、ケータリングのお菓子ボリボリ食って、汗もかいてないのにビールがぶがぶ飲んで8時間寝てやった。そして1週間ぶりに会った人に言われた。

「ちょっと痩せました？」

ちょいちょいちょいちょい。みんなイメージが先行して、ありの〜ままの〜姿が見えてないいんじゃない？　そこそこ脂肪ついてるし血色もいいし。俺を見て「病人っぽい」と思うのはいいけど、病人を見て「宮藤っぽい」と思ってるでしょ。俺にも病人にも失礼だから！

それにしてもヒマだ。

（２０１４年7月24日号）

「次からギャラが出るんだよ」

ある時、飲み屋で古田新太さんが真顔で言ったセリフ

舞台の幕が開きました。

大人の新感線プレゼンツ『ラストフラワーズ』。すでに前売りチケット完売してるようなので、泣く泣く諦めた方のショックを軽減するためにネガティブな情報を。上演時間がちょっと長いです。あと劇場までの階段が思いのほかキツいです。以上です。

大人計画と劇団☆新感線。合同公演に参加してしみじみ思う。俺って劇団員なんだなぁと。脚本家、監督、俳優、ミュージシャンなど肩書き多めな俺ですが、もう全部ひっくるめて「劇団員」でいいとすら思います。

最近じゃ2年に1回くらいしか劇団公演に参加しないけど、劇団内のルールや上下関係は体にしみついている。稽古場ではジャージに着替え、地べたに座り、自分の出てない場

面の稽古もしっかり見ておくこと。そう教えてくれた先輩はもういない。どっかに就職したと聞く。それでも俺は言いつけを守っている。さすがに地べたじゃあんまりだからパイプ椅子に座ってますが。

どれくらい前でしょう。すでに劇団☆新感線は大きな劇場でロングラン公演を打っていたからそれほど昔じゃない。飲み屋で古田新太さんが真顔で言いました。

「次（の公演）からギャラが出るんだよ」

え？　俺は思わず聞き返した。今までノーギャラだったんですか？

「ほら、ウチは装置とかに金かかるからさ」

マジか。あんなド派手な衣装着て、照明ガンガン浴びて、歌って踊って笑わせて客席を熱狂させているスターがお金もらってないだと⁉　じゃあ生活は？

「もちろん劇団以外の公演ではもらってるし、あとテレビとか」

マジかよ。すでに劇団公演でギャラを頂いていた俺は急に恥ずかしくなった。劇団員＝貧乏というイメージがつきまとうけど、新感線の舞台は当時から絢爛豪華《けんらんごうか》で眩しかった。当たり前だ。予算を全て注ぎ込んでいたのだから。よもや役者が無償とは。武士は食わねど高楊枝。そんな言葉が思い浮かびました。

思えば俺もずいぶん無駄なことして来たなあ。グループ魂が赤坂ＢＬＩＴＺで初のワンマンライブやる時、劇団の方法論しか持ち合わせていなかった俺は、芝居同様2ヶ月みっちり稽古した。たった1日のライブのためにバイトもせずに2ヶ月。金ないから主に区民集会所で。軽いノイローゼ状態に陥りました。そういう無駄だけど贅沢な時間を共有した仲間とは、絆ってほど良いもんじゃないけど腐れ縁的な連帯感はあります。

「劇団なんて食っていけないいんでしょ」と親戚や友達に言われ続けて二十数年。そもそも食うために劇団員になったかどうかすら忘れたけど、食う以外の面白さに魅了され、食うことをないがしろにしてきたのは事実。動員が増え、劇場が大きくなり、それに合わせて作品の中身もスケールも変わった。公演チラシがB5からA4になり、セットが豪華になり、そして何より、みんな結果的に食えてる！　そんなスーパー劇団員が集結した『ラストフラワーズ』。当日券が出るそうなので詳しくは公式HPまで。

（2014年8月28日号）

「キュウリ半分」

キュウリを齧りながらセリフを言う役の村杉蝉之介さんの殊勝？な言葉

「出番少ないって言ってたわりには結構出てんじゃん」

そういう印象らしいです。大人の新感線『ラストフラワーズ』。9月は大阪公演です。

出演中の舞台について書くことにいつも少しだけ躊躇《ちゅうちょ》します。これから観る人にはネタバレになるし、観る予定も興味もない人には本当どうでもいい話だし。なのでその中間層、興味はあるけどわざわざ観に行くほどじゃない人々に向けて書きます。

「セリフの合間にキュウリを一切れ齧って」

演出のいのうえひでのりさんが、村杉蝉之介さんにそんな指示を出しました。かなり膨大な説明ゼリフです。その折り返し地点で台所のセットに立ち、キュウリをかじり、後半はそのキュウリを咀嚼《そしゃく》しながら喋る。

一見さほど困難なことじゃない。食べながら喋るなんて日常生活の中で誰もが普通にこなしているし、もっと喋りづらい食材もある。納豆やオクラなどネバネバ系や、カニパンなどパサパサ系に比べたらキュウリのようなパリパリ系はむしろ食べながら喋りやすい食材ではないか。

ところが演技でやろうと思うと容易ではない。稽古の段階から難儀していた村杉さん。『あまちゃん』のアイドルおたくヒビキ一郎として、もっと長い説明ゼリフ喋ってたのに。セリフに気をとられるとキュウリを嚙む事を忘れてしまう。結果、口の中に咀嚼されないままのキュウリがゴロゴロと居座って喋りづらい。かといってキュウリに気を取られるとセリフがおぼつかない。

「我々はパリ国家ポリ公安パリパリ未解決パリ事件の」

パリの話じゃないです。念のため。

「パリポリは予算をポリは否めにゃいポリ」

後半はもうキュウリ嚙んでんだかセリフ嚙んでんだか分からない状態で、物語上とても重要なセリフなのに観客の頭に入らずじまい。

「意外と難しいよね」

「キュウリが（喉の）どこに入るか分かんないもんね」

共演者が慰めたところ村杉さんは「いや、キュウリのせいじゃないです」と神妙な顔つきになり、こう仰ったそうです。

「キュウリ半分、自分半分ですから」

さすがは20年のキャリアを誇るベテラン俳優ならではの殊勝な言葉……と感心すると同時に、こう思った。

半分もキュウリ任せだったのか。

せいぜい10%ぐらいだろうと思ってた。たかがキュウリに大事なセリフの半分を委ねるなんて。だってキュウリだぜ？　いざとなったら飲んじゃって噛んでるフリでいいのに。

この「〇〇半分、自分半分」という言い方が一時的に流行りました。

「相手役半分、自分半分」

「セリフ半分、自分半分」

半分を自分以外に委ねる事で肩の荷が軽くなったような気になる。しまいには、

「今日ウケなかったのはお客半分、昨夜のお酒半分だな」

と、１００%他者の責任にして反省しなくなりました。63ステージもありますからね。

（２０１４年9月4日号）

「潮騒いっとく？」

なぜか手際よく罰ゲームを決める黒幕・古田新太さんのセリフ

劇団☆新感線には罰ゲームという制度があります。小道具を忘れる、出トチリ（出番を間違える）、度重なる遅刻。それらのペナルティを犯した俳優は演出いのうえひでのり氏の判断で罰が敢行されるのです。

かつて台本を稽古場に忘れた勝地涼くんは、罰として学生服姿で竹刀を素振りしながら森田健作の『さらば涙と言おう』を熱唱させられるという辱《はずかし》めを受けました。あの移ろいやすい音程で。間近で見た僕は心底震えました。また木野花さんは物語上欠かせないメイクを忘れた罰として、カーテンコールで宇多田ヒカルの『Automatic』を歌わされました。ねぶた風のリズムで。ベテランだろうが新人だろうがゲストだろうが容赦なく制裁は下される。分かっていた筈なのに。

大人の新感線『ラストフラワーズ』の幕が開いて1週間が過ぎた頃。出番を終えて楽屋に戻った俺は思わずフリーズした。持って出るべき重要な小道具が鏡前に置いてあるのです。え!?　どういうこと？　手ぶらで演ったの？　全身から汗が噴き出た。どうする？　申告するか？　いや、自分でも気づかないくらいだからバレてないはず、とシラを切ることに。ところが、お客さんのアンケートによってミスが発覚してしまった。

「今回はリーチということで」

いのうえ氏は優しかった。1度目は。

大阪公演。クライマックスの場面で舞台に登場した俺は、左のポケットを触ってまたフリーズ。数分後に星野源くんに渡す予定の重要な小道具が無いっ！

「ごめん持ってない」

小声で伝えると星野くんは苦笑しながら、

「なんとかします」

頼もしい後輩の機転でお客さんにはミスと悟られずに済んだ。しかし、いのうえ氏の目は誤魔化せなかった。

「罰ゲームだな」

そこからの手際の良さ。さすが30年以上やってる劇団は違います。演目を決める黒幕はなぜか古田新太さん。

「宮藤、潮騒いっとく?」

『潮騒のメモリー』をフルで歌えというのです。古田さんのiPodに入っていたカラオケバージョンを音響さんが編集して「♪アイミスユ〜」から歌いながら、センターから登場する鈴鹿ひろ美パターンです。

去年の紅白で終わりだと思ってた。まさか今更、自分で歌うとは。しかも厄介なのは、それが罰ゲームであるというアナウンスがお客さんには一切されないこと。いきなり曲が流れる。つまり俺が自主的に歌ってると勘違いする人がいても不思議じゃない。なんなんだ、あの宮藤とかいう男は、カーテンコールで、芝居と一切関係ない唄を嬉々として歌って悦に入りやがって。いつまで『あまちゃん』引きずってんだ! と好感度がダダ下がる可能性もあるのです。適度にやらされてる感を醸し出しつつ、悲壮感が漂わないキワキワで歌わなくては。考え過ぎてガチガチになり、歌詞を間違えず何とか歌いきり、古田さんの言いつけ通り「じぇじぇじぇ!」で締めくくった。遅れて押し寄せる羞恥心、後悔、反省、まだ大阪で良かったという気休め。

二度と御免だ!

(2014年10月2日号)

「あと8年ふざけられる？」

大阪公演の楽屋にて、ストレスの溜まった松尾スズキさんが言ったセリフ

大阪に20日以上滞在しています。3時間半の舞台（土曜と月曜は2ステージなので7時間）に出演しながら空いた時間でドラマの脚本をちょこちょこ書く日々。

さすがにキツくなってきた。歳かなあ。ホテルに戻りパソコンを開いて1時間以上ボーッとしてしまった。明日はプロデューサーと監督さんが打ち合わせに来る。わざわざ東京から日帰りで。その準備もあるのにYouTubeで『俺ら東京さ行ぐだ』の色んなミックスを漁って観てたら2時間も経ってしまった。ちなみに吉幾三とスパイスガールズのミックスがいちばん笑えました。

心も体も仕事を拒んでいる。そんな病気なかったっけ？　とネットで検索してたら『職業性ストレス簡易評価ページ』というのを見つけた。17の質問に対し「そうだ」「まあそ

うだ」「ややちがう」「ちがう」の４つの中から答えを選ぶだけで仕事上のストレスを診断してくれるそうです。

「非常にたくさんのしごとをしなければならない」

そうだ。

「時間内に仕事が処理しきれない」

そうだ。

「一生懸命働かなければならない」

そうだそうだ！

「働きがいのある仕事だ」

……まあそうだ。

「高度の知識や技術が必要なむずかしい仕事だ」

……ちがう。面白いこと思いついたらキーボードに打ち込むだけだ。それを面白く伝えるのが俳優の仕事。ちっとも難しくない。

診断結果が出ました。

「現在、あなたの心身の健康に影響をあたえるような仕事上のストレッサーはそれほど多くないようです」

あれえ⁉　ため息でカーテンが黄ばみそうなほど働きたくないのに。じゃあ世間の大人はどれほどのストレスを抱えてるんだろう。

「51歳って言ったら企業じゃ部長職なんだぞ」

楽屋に入るなり松尾スズキさんが吐き捨てました。どうしたんですか？　と聞き返すと、

「いや……なんか……暇すぎて」

確かに松尾さん、一幕は登場シーンがないので、開演してから2時間ずっと楽屋にいる。だけど松尾さん、そういう脚本を書いたのはご自身ですよ。コラム書いたり新聞読んだり、ゲームやったり、気ままに過ごしているように見えてたけどストレス溜まってたんですね。お察しします。

「宮藤、俺と8歳違うんだっけ？　あと8年ふざけられる？」

うーん、自信ないけどやってると思います、と答えました。

なんのために俺は仕事をするんだろう。ネットにも飽きてベッドに横たわり考えてみた。お金のためじゃなさそうだ。だってちゃんと知らないもの自分の収入。奥さんが「領収書！　とにかく領収書！」と言うので食うに困る感じではないのでしょう。だから家族のためでもない。むしろ休めと言われているし。褒められたい、あわよくばモテたいという欲もなくなった今、ただ目の前の仕事を楽しめれば満足なんです、調子いい時は。ふざけ

るのが好きだからふざけてるんです、調子いい時は。
あー調子悪い。

（２０１４年10月９日号）

「何だか分からない問題で……」

咄嗟にセリフが出て来なくなった皆川猿時くんがなんとかひねり出したセリフ

まだ『ラストフラワーズ』イン大阪です。

前々回、重要な小道具を忘れた罰として、終演後に『潮騒のメモリー』を歌わされた話を書きました。あれ以来、他人のミスを血眼で探しては「今の罰ゲームじゃない⁉」と指摘するというサーチ&デストロイ癖がついてしまった。そして気づいた。20年以上のキャリアを持つ舞台俳優は、そうそう致命的なミスを犯さない（俺以外）。観客に指摘されるまで気づかないような間抜けもいない（俺以外）。

例えば今日の皆川猿時くん。演説のシーンで咄嗟にセリフが出て来なくなった。

「日本は虚実入り乱れた情報で大混乱」

ちなみにこれが正解です。しかしもう東京大阪合わせて60ステージやってるロングラン公演。脳が危険を察知するのも対処も早かった。一瞬でも言葉に詰まったらミスになってしまう。何でもいいからとにかく喋れ！　という信号が駆け抜けたのでしょう。ハッキリとこう言ったのです。

「日本は何だか分からない問題で大混乱！」

初めて聞いたお客さんは、そういうセリフなんだ〜と思ったでしょう。大混乱の原因が「何だか分からない問題」って、考えようによってはこれ以上のカオスは無い。恐ろしい。でも待って。そんな曖昧なセリフ、作家が書くだろうか。

「俺が書いたと思われるよ〜」

作者の松尾スズキ氏は苦笑してました。間違えるなら、ちゃんと間違えてくれ。でないと作家がバカだと思われる。

演者の想像以上にお客さんは大概のアクシデントやミスを演出として享受してくれます。致命的なミスを犯したと思っても、たまたま観ていた知人はだいたい言います。

「そういう演出かと思ったよ」

発砲シーンで拳銃の音が鳴ってないのに敵役が倒れても、マクベスが家来に向かって「おのれマクベス！」と叫んでも、誰かの着替えが間に合わず、不条理な沈黙が流れ役者がボンヤリしても「そういう演出」だと思ってくれる。

演劇界で都市伝説的に語り継がれているのが『ピーターパン』でフック船長を演じた某大物俳優のエピソード。舞台に登場してすぐ、フックのトレードマークであるカギ手を装着し忘れている事に気づいたその方は、迷った挙げ句、人差し指をそっと折り曲げたそうです。グーよりはフックに見えるんじゃないかと。さすがにそんな演出はない。ベテラン俳優と言えども舞台上で追い込まれるとバカな対処法しか思いつかない、という好例です。

さて、梅雨入り前から稽古に励み夏から秋を駆け抜けた『ラストフラワーズ』も明日で終わり、やっと東京へ帰れます。２ヶ月間スポットライトを浴びた男が、今度はオーラを消して喫茶店をハシゴする不審者すれすれの脚本家に戻るのです。名残り惜しくはない。十分浴びた。むしろ今は、結末を考えず、勢いに任せどんどん書いてしまっている『ごめんね青春！』の行き先が気になって仕方ありません。

10月12日お楽しみに。

（２０１４年10月16日号）

ごめんね青春！

2014 ／ Drama

TBS系日曜劇場。事あるごとに対立してきた仏教系男子校・
東高とカトリック系女子校・三女は経営難で合併することに。
実は両校の不仲の理由は、東高のOBで母校の教職に就く原平助が
高校時代に失恋して三女の礼拝堂を焼失させたことだった。
平助は罪滅ぼしのように生徒同士の交流を図り
共学化を進めようとするも、高校時代に失恋した祐子の妹である
三女教師・蜂矢りさや女生徒たちの猛反発を受けて……。
出演：錦戸 亮、満島ひかり、永山絢斗、
重岡大毅（ジャニーズWEST)、森下愛子、坂井真紀、
生瀬勝久、風間杜夫ほか

「共学になるってよ」

下駄履き＆腰手拭いで有名なバンカラ校で、定期的に流れた噂

大阪公演中なのでホテルの部屋で『ごめんね青春！』の脚本を書いています。みんなの焼肉だぁ、お好み焼きだぁ、ＵＳＪだぁという楽しげな声に耳を貸さず、出前とコンビニ飯でやり過ごしています。１ヶ月も滞在するので、いずれ誘惑に負けてしまうと思います。ドラマの話をします。

１行で紹介すると、男子校と女子校が合併して共学になるドラマです。少子化に伴い日本各地で粛々と行われている合併統合なんかドラマになるの？　と思われるかも知れない。実際、男子校、女子校はどんどん減っているそうです。

僕自身の男子校エピソードは小説『きみは白鳥の死体を踏んだことがあるか（下駄で）』（文春文庫）に詳しく書いてあります。宮城県築館《つきだて》高校というかなり硬派な、下駄履き＆

腰に手拭いのバンカラ校で、地元では『山猿』と呼ばれていました。誇張でなく3年間、母親と姉以外の女性と喋る機会がなかった。そんな暗黒の青春から脱出したかったのでしょう。定期的にこんな噂が流れました。

「来年、女子校と合併するらしいぜ」

「共学になるってよ」

何の根拠もないデマだと分かっているのに一喜一憂したものです。

おもに僕は「憂」担当でした。男子校という特殊な環境下でようやく獲得した自分の立ち位置が揺らいでしまうからです。「下ネタの知識が豊富」「エッチなビデオを入手する独自のルートを持っている」「ビートたけしのラジオでハガキ読まれたらしい」「人前で瞬時に裸になれる」という理由で一目置かれる存在だった僕には、男女共学なんて両翼をもがれるより辛い。だって女子ってさあ、不良とスポーツマンと二枚目しか見えない生き物なんでしょ？　俺なんか害虫扱いじゃん。

それは女子にも言えることで、当時の僕らには可愛いコと巨乳とヤリマンしか見えてなかった。……あ、ちなみに「ヤリマン」は日曜劇場ではNGでしたが文春ではセーフですか？　すいません。去年の朝ドラの反動で筆が滑りがちです。

執筆にあたり周囲の女子校出身者に話を訊くと、それはそれで興味深い世界でした。夏はスカートばっさばさして風入れてるそうですね。逆に冬はスカートの下にジャージ穿くんでしょ？　授業中にムダ毛抜いたりお菓子食べたりして注意されると「うっせーなー」とか言うんですって？　しかも下ネタ解禁らしいじゃない。そのくせ男性教師とすぐ恋愛しちゃうとか。我が母校も保健の先生だけは女性で、おばちゃんなのに何故か「ひまわり」って呼ばれてたなぁ。若い頃についたニックネームなんでしょうね。

女子力というのは男子の視線によって培われるものです。では男子力は？　女子の目が無いと風呂も入らない上履きもジャージも洗わない。やることないから部活と買い食いに明け暮れヤケクソで体鍛える。むしろ女子がいないと男子力は増す一方です。

卒業して十数年後、母校は少子化と過疎化に負け、本当に女子校と合併しました。なんだかとても悔しかった。その気分をまんまドラマにします。お楽しみに。

（２０１４年９月25日号）

「何がよくないのかね」

「面白いね！」と褒めた後に付け加えられるセリフ

褒められて嬉しくない人間なんて存在しないと思っていました
今は「面白いね！」と1回褒められるたびに視聴率が0・1％下がるんじゃないか？

という強迫観念にかられ全然嬉しくないです。

「いや本当に面白いよ！」

信じてくれと言わんばかりに力説される。

「面白いのにねえ！」

やめてください。

「何がよくないのかね」

ほらほら、さっきまで褒めてた人まで良くない理由を分析し始めた。やはり数字は残酷です。

「面白過ぎるんだよ！」

そんなバカな。

地上波録画予約ランキングでは堂々1位の『ごめんね青春！』。正直もう引き返せないところまで書き進めてしまっていますが、面白過ぎるから観なくていいなんてことは決してないし、途中からでも気軽に楽しめます。予約録画も結構ですが出来ればリアルタイムで観て頂きたい。特に5話は必見！　とだけ言っておきます。

悪い評判が聞こえてこないという状況、作り手にとっては怖いものです。新聞やネットの評判も概《おおむ》ね上々だそうで、我慢できずにチラッと見たら「そもそも『あまちゃん』が異常だったのであって、他の宮藤作品は10％前後。むしろ大衆に媚びず、普段通りの作風を貫いていることを歓迎すべきだろう」って。ネットに慰められちゃ世話無いや。

観た人は褒める。観ない人は語らない。数字は何も教えてくれない。賛否両論ならともかく、賛と無視の両論じゃ学ぶものがない。童話の『裸の王様』になぞらえると、王様が裸で街へ出かけたのに誰にも会わず、裸であることを指摘してもらえないままの状態。この歳で叱られたくはないけど、すれ違いざま「裸ですよ」と耳元で囁《ささや》いて欲しいものです。

そういう意味で5年前（２００９年）の歌舞伎座さよなら公演『大江戸りびんぐでっ

ど』は残酷であり明快だった。幕開きから5分ほどで1人また1人と、ご年配のお客さんが席を立ち出て行くのです。なんで？　何がいけないの？　ゾンビが生理的に受け付けない？　いやいや、さほど皆さんと変わりませんよ～と、当時この連載でも憎まれ口を叩きましたが、そうしないと精神のバランスが崩れるほどショック大きかった。高いチケット代払ったお客さんの、途中退席という意思表示。あの悔しさは確実に今の糧になってます。「誰が何と言おうと私は最高だと思ってるんだからね、それでいいんだよ！」と中村勘三郎さんは毎晩励まして下さった。あー、そう言えば勘三郎さんはダメなものはダメとはっきり言う人でした。「ダメだろ、あんなものは！」というお声を何度か聞いた。褒める時は大声で褒め、けなす時も大声で一刀両断。そんな大賛否両論様でした。だから今も、自作を見返しては、これ勘三郎さんが観たら何て言うかな、とつい考えてしまう。「ブレずに頑張って下さいね」と言ってくれるのは嬉しい。でも日曜の夜に持ち上げられて、月曜の朝に突き落とされて、俺じゃなかったら多少はブレますよ。この経験も絶対に糧になると思う。

（２０１４年11月13日号）

「泣きました」

7話の台本を読んだドラマのプロデューサー磯山さんのメールの言葉

たった今『ごめんね青春！』の最終話を書き上げました。ほぼ24時間ノンストップで書いたので気が昂ぶって、もお連載コラムも書いてしまえというテンションです。ガストの牡蠣フェアが終わる前に脱稿できて良かった。でもすぐに歌舞伎の脚本《ホン》を書くので何フェアが始まるのか気になる。

そう言えば6話まで書いたところで磯山晶プロデューサーから「もうちょっと切ない要素を入れましょうか」と、やんわり釘を刺されました。なぜ6話まで我慢したのか分かりませんが、6話までの台本には「切なさ」が足りなかったようです。じゃあ毎週放送を観て男泣きしてる俺は何なんだ？　泣きのツボがズレているのか。

難病もの、余命もの、戦地もの。まず泣かない。泣けない自分がだんだん怖くなります。

本当に血の通った人間なのかと。なのにコメディでいきなり泣いたりする。それも顔芸。ジャック・ブラックやジム・キャリーの表情で泣いちゃう。昨日観た『ごめんね〜』6話でも、錦戸亮くんの細かい顔芸、満島ひかりさんの「はあ⁉」のトーン、永山絢斗くんのウエスタンブーツ姿など、ピンポイントで泣いてしまう。だから「切ない」要素は足りていると思った。監督と俳優さんが現場で盛ってくれてたんですね。

慌てて7話から「切ない」を盛り込もうとするんだけど、自分の泣きのツボに自信が無いからうまく行かない。

待てよ。笑いのツボには自信あるのか？

知り合いの芝居を観て楽屋を訪ねると「やっぱり宮藤くん来てたんだ」と言われます。普段ぜんぜんウケないところで俺の笑い声だけ響いてるらしいのです。「宮藤くんの笑い声だけが心の支えだよ」とさえ言われる。反面、物語の構造的に確実にウケるシーンや鉄板ギャグのような、教科書通りの笑いどころが理解できなかったりします。

笑いも泣きもズレてることに6話まで気づかないとは。

「泣きました」

7話の台本を読んだ磯山さんからそんなメールが来た時も、自分の感覚に自信がないから「どこで？」と不安になりました。8話も9話も「切ないです」「泣きました」最終話にいたっては書く前から「プロット（あらすじ）の時点で泣きました」と言われ、逆に心配になりました。泣かせたる！　泣かせたろやんけ！　と無駄な力が入り思うように進まず、もういい、泣きも笑いも要らない！　と開き直ったのが24時間前です。

要するに、泣かせる（or笑わせる）目的で作られたものが苦手なんですね。時々「ここは泣けるところだからギャグは控えて頂いて」と言われ、いや違う、ギャグがあるから泣けるんです！　と喧嘩腰になる時がある。必死になってる時点で、もうそれはギャグではないのですが、安易に「泣き」ムードに同調したくない。卒業式で本当は泣きたいのを堪え、必死に茶化そうとするやたら騒がしい男子の悪あがき、みたいな感じでしょう。

結局何が言いたいかと言うと『ごめんね青春！』の7話以降は、どうやら切なくて泣けるらしい、ということです。

（２０１４年12月４日号）

「私は笑えなかった」

フランスの風刺画についての報道で、ある識者が言っていたセリフ

仕事中AMラジオをつけっ放しにしているのですが「表現の自由」「言論の自由」という言葉をやたら耳にします。北朝鮮を揶揄したアメリカ映画とフランスの風刺画についての報道です。

表現の自由。その単語自体にドキッとします。

すこぶる小心者なので、自分の「表現」が誰かを怒らせたり傷つけたりしないか、細心の注意を払ってるつもりです。と同時に、毒にも薬にもならないギャグなんて面白くないと思う自分もいる。観客が溜飲を下げるネタを常に探している。怒られない程度にイジりたい。あわよくばイジられた本人から「悔しいけど笑っちゃったよ」というお言葉を頂戴したい。図々しくもそんな事を考えているのです。

メディアにおける表現の規制は厳しくなる一方です。例えば近頃「オカマ」という言葉が差別的という理由でメディアから消え「オネエ」が代替語として使用されています。だけど「オネエ」では決して表現できないニュアンスもある。

『ごめんね青春！』第1話。男女共学クラスが編成され、初めて女子校に男子が足を踏み入れる。しかし清純そうにみえた女生徒が実は言葉遣いも態度も粗暴で野蛮だったという場面。空気の読めない男子が意中の女子に愛想を振りまいていると、別の女子が突如立ち上がりまくしたてる。

「さっきから、ニヤニヤして小っちゃく手ぇ振りやがって、オカマかコラぁ！」

ここで笑われているのは、好きな女子に愛想を振りまく軟弱な男子ではなく、その行為を「オカマか！」という身も蓋もない言葉でしか表現できない女子の無知と偏見です。理不尽な差別が横行している女子校の実態。「オネエか！」では弱いし、相手に気を遣ってるみたいで笑えません。そこを汲《く》み取って頂けたのかクレームなどはなかった。しかし以前、他局のドラマで同様の表現を書いた際は「すいません、考査からNGが出まして」と言われた。なんでも某バラエティ番組で芸人さんが「オカマ」と発言したら抗議が殺到。以来自粛しているとのこと。

「でも、オネエじゃ笑えませんよねぇ」というわけでそのセリフ自体カットしました。

何かを表現するのにジャストな言葉があるのに使えないという不自由。しかしＮＧを喰らったことが考えるきっかけになり、もっとフィットする表現に出くわす場合もあります。例えば『潮騒のメモリー』。震災後の場面で「三途の川」という歌詞はちょっと……という指摘があったからこそ「三代前からマーメイド」という離れ業が生まれた。規制を逃れ、なおかつ元の表現より上質なものを捻り出すのも表現者の仕事。で、フランスの話に戻るのですが、ある識者の方がラジオで言ってた見解が印象的でした。無論テロは許せないと前置きした上で、

「あの風刺画が果たしてユーモアか？　と問われれば、少なくとも私は笑えなかったし、面白いとは思えなかった」

なるほど。表現の自由と言えど、笑えない風刺はいただけない。今後もしクレームが来たら「笑えなかったんだな」と謙虚に受け止めます。

（２０１５年2月5日号）

「ちょっぴり」

静岡県立三島北高校のイケメン生徒会長が言った感謝の言葉

講演会が苦手です。

身も蓋もない言い方ですが、マイクを使った独り言じゃないですか。一段高い所から自分の体験談を一方的に、訊かれもしないのに語り、その中に教訓を巧みにちりばめ、花束を受け取って喝采《かっさい》を浴びる。それが講演なんでしょうが、お前それほどのモンか？　と、もう一人の冷静な自分がせせら笑ってる気がしてならない。映画『キャリー』のように豚の血が降って来るんじゃないか？　と、最悪の事態を妄想してしまう。

そんなわけで丁重にお断りして来ました。が、この度『ごめんね青春！』のロケで大変お世話になった静岡県立三島北高校から依頼を受け、しかもＴＢＳの磯山プロデューサーと２人、つまり壇上に話し相手がいるという好条件に釣られ、十数年ぶりにやる事にしました。

生徒会からの質問状を見ながら、行きの新幹線で打ち合わせ。

「そもそもなんで三島を舞台にしたんだっけ？」

「行ってみたら我々が望んでたものが、だいたい揃ってたんですよ」

「そんな答えで高校生が納得する？」

「だいたい我々に興味あるんですかね？　18歳って、木更津キャッツアイの時5歳ですよ」

答えが出ぬまま応接室に通され市長と面会、美味しいお寿司とみしまるくん（ゆるキャラ）のストラップを頂く。もう逃げられない。ムダに爽やかなイケメン生徒会長がやって来る。

「説明をさせて頂きます！　壇上、向かって右が宮藤さん、左が磯山さんです。……以上です！」

丸投げだ。立ち位置を決めたくらいじゃ90分も喋れないよ。途方に暮れる我々を高校生が暖かい拍手で迎えてくれる。

「えー、そもそも三島を舞台にドラマを作ったのはですね……」

やっぱり苦手だ。

生徒の大半は熱心に耳を傾けてくれる。その期待に応えようと頑張って喋るほど、講師として自分に足りてないものが浮き彫りになる。

自己陶酔能力。俺は何かを成し遂げた成功者だと信じ込む力が足りない。失敗談ならいくらでも話せる。20分も長い台本を書いてしまって逆ギレしたこと、クレーム対応に追われ、視聴率に一喜一憂した日々。そんな自虐エピソード、前途洋々たる高校生の前で披露できない。でも成功談なんてオチのない自慢話みたいで居心地が悪い。時計を見たら40分しか経ってない。後半はもうやけくそで、800人の生徒の中に1人いるかいないか判らない、未来の脚本家、またはプロデューサーの卵に向けて熱く語りかけました。質疑応答も終わり、イケメン会長が感謝の言葉を述べる。

「楽しいお話、ちょっぴり真面目なお話、ありがとうございました!」

ちょっぴり⁉ だいぶ無理して絞り出した真面目な話ですけど。

「お礼に『ごめんね青春!』の聖駿高校の校歌を全校生徒で歌います!」

これは嬉しかった。自分が作詞したウソの校歌も800人で歌われたらウソじゃない。来て良かったな。講演会も悪くないと錯覚するに充分すぎるサプライズでした。とはいえ当分やらないな、向いてないもの。


(2015年6月4日号)

TOO YOUNG TO DIE!
若くして死ぬ

2016 ／ Movie

監督作第４弾。平凡な高校生・大助は、修学旅行中に乗っていた
バスが事故に遭い死んでしまう。目を覚ますと、そこはホンモノの地獄。
キスもしたことないのに死ぬには若すぎる！　と戸惑う大助の前に、
地獄専属ロックバンド「地獄図（ヘルズ）」のボーカル＆ギターで、
地獄農業高校の軽音楽部顧問の赤鬼・キラーＫが登場。
現世に転生するチャンスがあることを知った大助は、
大好きなひろ美ちゃんと再会するため、
キラーＫの特訓のもと、地獄めぐりを始める！
出演：長瀬智也、神木隆之介、尾野真千子、森川 葵、
桐谷健太、清野菜名ほか

「かんとく!」

映画撮影の際、現場で僕が呼ばれる時の言葉

映画を撮ってます。

やっと言えた。3年ほど前に企画が動き出し、1年前に台本を書き、5月にクランクイン。その間に『あまちゃん』や『ごめんね青春!』や新作舞台が数本あったことを考えると、やはり映画は時間がかかる。原作があれば「この漫画の映画化です」で話は済む。ところがオリジナルだと「えーとですね、神木隆之介くん扮する高校生が修学旅行の最中に事故に遭って死んじゃうんです。で、現世で犯した些細な罪のせいで地獄に落ちるんですが、そこには凶悪な赤鬼がいて……あ、それが長瀬智也くんなんですけどね、その赤鬼がですね、地獄農業高校の軽音楽部の顧問で、神木くんをビシビシ鍛えるって映画で……テーマですか? えーと、死を楽しく描いた映画? 死後の世界を騒々しくバカバカしく描いた

ら、死ぬのが怖くなくなるんじゃないかな~的な?」。

こんなダラダラした与太話に付き合ってくれるだけで有り難いのに、台本を読んでくれたり、お金を出してくれたり、出演を快諾してくれる人がいるんだから現世も捨てたもんじゃない。

「かんとく!」

毎日そう呼ばれています。1作目の時はムズ痒かったけど徐々に当たり前になり、3作目では快感すら感じた。何しろ語感が気持ちいい。カ行で始まりカ行で終わる。仮にタ行だったら?

「とんそく!」

やっぱりカ行じゃなきゃダメです。

「監督! 確認よろしいでしょうか!」

助監督くんが元気に声をかけて来ます。「かくにん」もカ行が2つで気持ちいい。

「主人公の戒名を4種類考えました!」

え、戒名? なんで?

「仏壇に飾ります!」

ああ、仏壇、映るかも知れないもんね。

「『童貞』という漢字を入れてみました」

戒名に⁉　なんで？

「面白いかなと思って」

真っ直ぐな目でそう言われると採用してあげたくなる。4つも考えたんだし。いや待て。監督たるものフレーム内のもの全てに責任を負わなくてはいけない。

「普通でいいんだけど。『童貞』とか入ってないヤツはないの？」

「なるほど！　では一旦持ち帰って後日確認して頂きます！」

ないのか！

監督はスケジュールや絵コンテ、セット図面など、持ち歩く資料が膨大にある。それらの束をゴソッとリュックに詰めて持ち歩いてたら、見かねたスタッフがファイルをくれました。ところがそのファイルを紛失してしまった。

「コンビニのおにぎりと一緒に置いといたんです」

携帯やトランシーバーを駆使して探してくれるスタッフ。

「監督の大事なファイル見かけた方ぁ！」

「おにぎりと一緒だそうでーす！」

「監督のファイルとおにぎり知りませんか〜？」

いや、おにぎりは別に、買えばいいから。

「監督、おにぎりの具は何ですか?」

「サンドイッチで良ければどうぞ!」

「監督! おにぎり4種類買って来ました!」

撮影は7月上旬まで続きます。


(2015年6月11日号)

「確認お願いします!」

撮影中、監督が助監督に毎日何度も言われるセリフ

今日も撮影です。

そして今日も確認です。

「監督!　２０６５年の高校生の部屋ですけど」

ん?　そんな映画だっけ?

「はい、シーン91です」

本当だ。台本に書いてある。矢継ぎ早に質問してくる助監督くん。

「部屋に貼ってあるポスターは未来っぽいものがいいですか?」

うーん、そもそも50年後の高校生、部屋にポスター貼るかな。

「50年後のエロ本なんですけど」

いやいや、無いでしょエロ本は。

「と思ったんですが、一応、未来っぽいのを発注しようかと」

そういう問題じゃなくて。例えばキミは普段、エロ本愛読してる?

「いえ、もっぱら無料動画なんで一度も買ったことないです」

マジか！　それはそれで驚きなんだけど。

「エロ本が無いってことは、ティッシュも無いですよね」

いやティッシュはあるだろう！　という議論を、大の大人が小一時間繰り広げ、昼休憩に入ったところです。

少し内容について触れます。そもそも5年前（2010年）、ドラマ『うぬぼれ刑事』を撮った時に、長瀬智也は日本のジャック・ブラックなんじゃないかと思ったのが発端です。長瀬くんで『スクール・オブ・ロック』やりたいな。けど、まんまじゃ芸が無い。知恵を絞りながらAC／DCやKISSなど欧米のハードロックを聴いてたら『地獄』という言葉がやたら出て来る。『地獄のハイウェイ』『ヘルズベルズ』。KISSなんかデビューアルバムから5枚続けてタイトルに『地獄』が付いてる。悪い事したら落ちると教わった『地獄』がロックの世界では肯定されているのです。だったら地獄で鬼がバンド組んでるストーリーはどうだろう。

でもなあ。『地獄』というタイトルの邦画が既に3本ある。中川信夫の『地獄』、神代辰巳の『地獄』、石井輝男の『地獄』。どれもオリジナリティに溢れた意欲作。第一どこで撮るんだ？　フルCGで地獄を表現したら莫大なお金がかかる。そんな企画通らないよと諦めかけた頃、たまたま近所の居酒屋のテレビで木下惠介版の『楢山節考』を観ました。

今村昌平版しか観たことなかった僕は、途中から画面に釘付けになった。

貧しい農村や田んぼ、畑、姥捨て山、その道中まで、なんと全編、スタジオにセットを組んで撮影しているのです。昭和33年の作品だから当然CGなんか使ってない。空や山などの背景もスタジオの壁に描き込んでいるので、時々カラスが激突したりしている。その狭苦しさや閉塞感が作品にマッチしているのです。

CG全盛の今、あえてアナログに、スタジオに地獄作っちゃったらどうだろう。

その『地獄』が先ほど完成しました。釜ゆでの釜も血の池も実際そこにある。背景は燃えさかる炎の描かれた幕。美術部さんの細かいこだわりが生んだ、この世にたったひとつのあの世、地獄です。CGよりお金かかってないか？　という疑問はおいといて、明日から1ヶ月間、文字通り地獄の撮影です！

（2015年6月18日号）

「卵と唐揚げ」

早朝のロケバスに乗ると、
まず訊かれる２択の質問

すいません。今週も撮影しかしてません。

とは言え、公開前の映画の話ばかりじゃ申し訳ないので、一般的にあまり知られてない日本の撮影事情、ロケあるある話で攻めようと思います。

あるあるその1。撮影スタッフの集合場所はほぼ新宿か渋谷です。理由はどこに住んでる人も出やすいのと、高速の乗り口が近いからだと思われます。朝6時を過ぎるとロケバスや機材車がズラッと並ぶ。『相棒』も『ビリギャル』も、たぶん『ハダカの美奈子』も新宿スバルビル前か渋谷パンテオン前から出発したはず。渋谷パンテオンなんてとっくに無いのに「ヒカリエ前」と言わないのは映画人のこだわりでしょうか。

新宿と渋谷。２択だからか、なぜかよく間違える。時間になっても誰も来ないので電話すると「あれ？　ひょっとして監督、また渋谷行っちゃったパターンですか？」と言われる。

知り合いの俳優さんはうっかり違う作品のロケバスに乗ってしまったそうです。顔見知りのスタッフなのにどうも会話が嚙み合わない。犯人役なのに警察手帳を渡される。台本見て違う作品だと気づいた時には海老名を過ぎていたそうです。栃木ロケなのに。

あるあるその2。朝7時前に集合する時に限り朝食が出ます。ポパイという業者さんが作っているおにぎり弁当。「ポパイ」「おにぎり」で検索すると画像が出て来ます。おにぎり2つにショッキングイエローのたくあんが2枚。おかずはゆで卵か鶏の唐揚げの2択です。車に乗るとまず訊かれる。

「卵と唐揚げ、どちらにしますか？」

寝不足のスタッフが起きて最初にする決断です。『相棒』も『ビリギャル』も『天皇の料理番』も朝はポパイ。たぶん。

おにぎりの具は選べません。ランダムに2個パックされてる。ちなみに俺のベストは焼たらこと高菜の組み合わせ。残念なのはおかかとツナです。過酷なロケの前に食べる朝メシはすこぶる大事。好みの具に当たれば午前中いっぱい頑張れるけど、外れたら暗澹《あんたん》たる気分になる。

「卵と唐揚げ、どちらにします？」

中の具がしみ出て白米が変色していればヒントになるのですが、ポパイのおにぎりは海苔がビシビシに巻かれてて白米が見えない。嗅覚で判断しようにも、たくあんの匂いがシヨッキングすぎて無理。つまりゆで卵か唐揚げか選ぶ時点で、自ずとおにぎりの具も選んでいるのです。

食べたいのは圧倒的にゆで卵。でも唐揚げを選んだら焼たらこに巡り合えるかも知れない。現に隣の助監督は唐揚げと焼たらこのペアを貪《むさぼ》っている。でも朝から揚げ物はな～。でも昨日はゆで卵選んだらツナと昆布だったしな～。

「監督、そろそろ出発の時間ですので」

分かってるよ！　でも、この選択が午前中に撮るカットのクオリティにも影響するんだ！

「か、唐揚げ！」

悩みに悩んで、おにぎりを割ったら……しば漬けと山ゴボウでした。

当たりか外れかも分からないよ！


（２０１５年６月25日号）

「オマエ今日はもう無理だろ」

『プロフェッショナル』で観た、成果をあげられなかった社員に部長が言うセリフ

地獄の撮影も残すところ1週間。日々の達成感とともに、むくむくと、2つの不安が湧き上がってくる時期です。

ちゃんと撮れているだろうか。そして、ちゃんとヒットするだろうか。

前者は俺の頑張りにかかってる。まあまあ頑張ってる。が、後者は？　正直、頑張り方が分かりません。もちろん面白いとは思っている。でも、この企画に賛同して下さった方は「面白い」だけでなく「ヒットしそう」と思ったわけです。その期待に応えられるのか。プレッシャーで押し潰されそうになる。空き時間、絵コンテ描いてたら背後で「来年は地獄ブーム来ますね」なんて声が聞こえて来て。やめて、今は冗談でも浮かれないで。

不安で眠れず、テレビ点けたら『プロフェッショナル～仕事の流儀』で、大手菓子メー

文藝春秋の新刊

12
2018

「アム・シュタインホフ教会」©大高有

◆発売日、定価は変更になる場合があります。
表示した価格は本体価格です。これに消費税がかかり定価となります。

●宮藤官九郎、阿部サダヲ、星野源…大人計画の秘密にせまる！

「大人計画」ができるまで

松尾スズキ

演劇界の常識に囚われない超・俳優集団を作った松尾スズキ。何に触れ誰と出会いどのように劇団を強固にしていったのか——

◆12月17日
四六判変型
並製カバー装

1400円
390956-1

●新たなるスポーツエッセイの名作誕生！

遠きにありて

西川美和

スポーツ観戦が唯一の趣味の著者が、その悲喜こもごもを温かくも鋭く描いた傑作エッセイ集。広島出身、カープ愛溢れる作品群も必読！

◆12月13日
四六判
並製カバー装

1550円
390948-6

いつの時代、どう生きても、運命はふりかかる。
感動短編集

獅子《しし》吼《く》

浅田次郎

680円
791185-0

クールな女主人公・水原、三たび登場！

魔女の封印 上下

大沢在昌

上670円
下680円
791186-7
791187-4

遂に完結！ 一〇〇万部突破の人気シリーズ

警視庁公安部・青山望

最恐組織

790円
791151-5

帰ってきた人気シリーズ、早くも第三弾！

裏切り

新・秋山久蔵御用控（三）

藤井邦夫

700円
791193-5

「かわせみ」は人情だけじゃない。ミステリも逸品

「御宿かわせみ」ミステリ傑作選

平岩弓枝 大矢博子選

690円
791194-2

大泉洋、高畑充希、三浦春馬出演で映画公開！ノベライズ版

こんな夜更けにバナナかよ 愛しき実話

原案・渡辺一史

600円
791195-9

新書『看る力』も好評、父・阿川弘之さんとの真実がここに

強父論

阿川佐和子

650円
791196-6

- **飛鳥IIの身代金** 十津川警部シリーズ
  西村京太郎
  600円 791188

- 第一五五回直木賞候補作！
  天下人の茶
  伊東潤
  670円 791189-8

- 女には女の戦い方がある！
  おんなの城
  安部龍太郎
  700円 791190-4

- 十二月十日に七回忌を迎える〝異能の人〟の足跡
  あしたのこころだ 小沢昭一的風景を巡る
  三田完
  700円 791191-1

- 不眠症に悩む同心が、夜の定町回りに！
  耳袋秘帖 **眠れない凶四郎（一）**
  風野真知雄
  630円 791083-9

- 三国志の英雄たちとギャンブル対決！
  三国志博奕《ばくち》伝
  渡辺仙州
  690円 791192-8

- 村田沙耶香
  淑女の思春期病
  7

- 現役NHKディレクター、考証の奥儀を再び公開
  考証要集2 蔵出しNHK時代考証資料
  大森洋平
  730円 791198-0

- 現代日本でますます猛威をふるう「空気」という妖怪
  「空気」の研究〈新装版〉
  山本七平
  630円 791199-7

- 撮り下ろしカラー写真多数追加！『ぐりとぐら』作者の名エッセイ
  本・子ども・絵本
  中川李枝子 絵・山脇百合子
  680円 791200-0

- 「このミステリーがすごい！」第一位の傑作登場
  スキン・コレクター 上下
  ジェフリー・ディーヴァー 池田真紀子訳
  上770円 下820円
  791201-7 791202-4

- 文春ジブリ文庫
  日本映画の興行収入記録を塗り替えた大作アニメ
  シネマ・コミック10 **もののけ姫**
  原作・脚本・監督 宮崎駿
  1600円 812109-8

- 学藝ライブラリー
  ベストセラー『不死身の特攻兵』で再び脚光
  陸軍特別攻撃隊1
  高木俊朗
  1580円 813077-9

カーのマーケティング部部長の日常を取り上げていた。

「3年かけて開発した新商品の結果が1週間で出る世界なんです」

試作品のチョコレートを賞味し、部下の考えたコンセプトに痛烈なダメを出す部長。

「ニーズを分析しろ」「2秒で美味しさを伝えろ」「ターゲットが、どんなシーンでそのチョコレートを食べるのか、ちゃんと想像しろ」

部長に追及され、泣きだす社員。

「オマエ今日はもう無理だろ、いいアイデア出ないぜ」

うーん、重たい。たかがチョコとは言わないが、まさか涙の結晶だったとは知らず、今日も現場のお茶コーナーでチョコを避けてハッピーターンをボリボリ食ってしまった。

俺のターゲットは誰だろう。誰のニーズに応えてるんだろう。分からない。大手菓子メーカーの社員だったらコテンパンに叩かれるな。

作る才能と売る才能。両方持ってる人は俗にヒットメーカーと呼ばれます。残念ながら僕は単なる「メーカー」に過ぎない。自分をターゲットに自分のニーズに応えるスタイルで20年以上やって来ました。だから当たりもすれば外れもする。当たった理由はあえて分析しない。怖いから。外した時は世間のせいにして誤魔化す。自分が傷つかない言い訳だけ巧くなってしまった。

「カット！　はいＯＫ」

本当にＯＫか？　決断が鈍る。役者もスタッフも、俺のニーズには十二分に応えてくれている。睡眠時間どころか食事休憩すら短縮して働いてる。差し入れのシュークリームが秒殺でなくなるほど糖分足りてない。菓子メーカーの新入社員に教えてあげたい。地獄を舞台にした映画のスタッフは僅かな空き時間でめちゃめちゃ甘いもの食べます。その後めちゃめちゃ重いもの運びます。『地獄』っていうチョコレート作ったら売れるんじゃないかな。つーか、あのマーケティング部部長の自信、１％でいいから分けて欲しい。カメラが入って多少の自己演出が入ってるとは言え、あの自信満々な態度。見習いたい。

珍しく取り乱しているのも、映画が自分の理想通り、ちゃんと撮れているからだと思います。だからこそ、自分以外をターゲットに、絶対にヒットさせたいんです！

（２０１５年7月16日号）

「……いいですねー」

地獄映画の概要を一番最初に伝えた時のプロデューサーのセリフ

映画『TOO YOUNG TO DIE! 若くして死ぬ』が完成しました。

クランクアップが7月初旬だったので仕上げ作業に丸4ヶ月を要したことになります。当初はCGを一切使わず、その予算で撮影スタジオに巨大な地獄を出現させて撮り切ると豪語しましたが、いかに長瀬智也が怪優と言えども口から火を吹くことはできないし、神木隆之介が天才でも10メートルは飛び上がれない。結局、数百カットのCGが追加され、方々から聞こえる「はー金がねえ、時間がねえ、おらこんな組いやだ〜」の声に一切耳を貸さず、わがままな暴君で貫き通しました。

原作の存在しないオリジナル映画が成立しにくいというのはもはや定説です。累計100万部を越える人気コミックの映画化、実話に基づく感動ストーリー、人気ドラマの続編といった安心材料がひとつもない映画作りがいかに困難で過酷か、本作を例に挙げて検証します。

プロデューサーと最初の打ち合わせをしたのが確か2012年。

「宮藤さんが今やりたいことを」

何度も聞いた甘い言葉。騙されるな。俺にアイデアを出させるためのノーガード戦法だ。そもそも100%やりたいことをやれたためしなどない。「もう少し泣ける要素を」「中高生にも伝わる分かり易さを」「30代ＯＬにウケる要素を」と注文をつけられる。そこがまず、既に中高生や30代ＯＬにウケてる漫画の映画化とは違います。

「地獄はどうですか」

ストックの中で一番とっつきにくいアイデアをぶつけてみた。

「死んじゃった高校生が地獄の鬼とバンドを組むんですけど」

「……いいですねー」

本気で言ってんのか？　確かめるために自分のイメージする地獄映画の概要を伝え、それをもとにプロデューサーが企画書を作るのに約1年を要する。原作があれば「知ってる？　この漫画なんだけど」と容易にイメージを共有できますがオリジナル作品は企画書が全て。スポンサーの興味を引くために人気スターの名前を挙げ、後ろに小さく（交渉中）と書いてあったりする。作者の頭の中にしか存在しないオリジナル作品では、大きい役か小さい役か、巨人側か倒す側かも判らない。ほとんどの役者さんが「台本を読んでから考えたい」と仰る。

２０１４年、ようやく台本執筆に取りかかる。着想から2年以上経ってる。漫画だったら一巻ぶんくらい描けてたかも知れない。「もう少し泣ける要素を」「分かり易さを」「感情移入しやすく」お決まりのフレーズが飛び交う。少しでも安心材料が欲しいのです。この時点での確定要素は『宮藤官九郎脚本・監督』のみ。今なら引き返せるギリギリのタイミング。「長瀬くんご快諾頂きました！」「神木くんも決定です！」

もう引き返せない。スタッフを集め本格的準備に入ったのが今年の頭。これでも順調な方だと思います。

もちろんオリジナルならではの醍醐味、メリットもあります。それは追々。2月6日公開です！

（２０１５年12月3日号）

「ネタバレしないで」

昨今、Twitterにもよく書き込まれているセリフ

大阪に来ています。

若い頃は旅公演と聞いただけでテンション上がったもんですが、昼夜2公演の日が多くてまあまあ疲れるし、空いた時間は映画『TOO YOUNG TO DIE!』関連の取材が入ってるし執筆も溜まってるし、なんかもう楽屋で缶ビール飲んだら満足しちゃう感じです。

「映画、面白かったです、ぶっとんでて」

褒められると不安になる。記者の方も仕事だから本心じゃないかも知れない。面と向かって「つまらなかったです」とは言えないよな。

「なぜ地獄を舞台に？」

質問がかぶるのを避けるため、最近は合同取材が増えました。3〜5媒体の記者さんに

囲まれ順番に質問に答える。

「そうですねー、長瀬（智也）くんのダイナミックな演技と顔芸と大声を最大限に活かすには、地獄の鬼しかないと思いまして」という発言が3～5誌に掲載されます。全く同じ話にならないように、後半は個別に質問の時間が設けられる。

「うちの読者層が30代の独身女性なんですが、この映画の楽しみ方を教えて下さい」

30代独身女性に地獄の楽しみ方を語る難しさと虚しさ。

「掲載号が草食男子特集なのですが、草食男子が地獄を生き抜く方法は」

知らねえし、それ聞いてどうする？　という言葉をグッと飲み込み「地獄は草も生えてないから大変ですね」とバカな回答をする。

「パソコンや端末機器を扱ってる雑誌です、今ご興味のある端末は？」

端末の話がメインにならないよう、無理やり地獄の話題に引き戻す。

「地獄はWi-Fi飛んでませんもんね」

写真撮影も当然3～5パターンやる。

「もう少しにこやかに。帽子触りますか？」

不自然に帽子を触ってぎこちなく笑ってる写真が3～5誌に載ります。こうして片っ端から取材を受けているのも、映画が会心の出来で評判も良いので少しでも認知して欲しいからなんです。

あ、ネタバレについて、ですよね。今回はネタバレを恐れず、ほぼＮＧ無しで喋っています。展開を知った上で観ても十分楽しめると思うし、昨今の「ネタバレやめて下さい」な風潮に対する抵抗でもある。

例えば終わった芝居の話をしようとしたら「半年後にWOWOWで放送されるの楽しみにしてるんですからネタバレしないで下さい」と言われたりする。いやいや。なんでも永久に観れちゃう時代に「これから観る人」のことを気にしてたらキリがない。Twitterでも「ネタバレツイートはやめて下さい」という書き込みを見かけますが、そもそもTwitter自体が世間の声に聞き耳を立てるようなメディアだし、情報を入れたくない人が耳を塞ぐべきじゃない？　と思います。

放送前、公開前の作品の要所を部外者が喋っちゃうのはＮＧだけど、監督が作品の見どころを、これは言っても大丈夫と判断した上で喋るのはご容赦頂きたい。

というわけで映画の公式Twitterで期間限定で呟くことにしました。

（２０１５年12月24日号）

「ほお！」

バラエティ番組の事前取材でした娘の話に食いついたスタッフのリアクション

年明け早々ゴシップの乱れ打ちが続いてますが、そんな騒動には一切触れず新作『TOO YOUNG TO DIE!』の話をさせて下さい。すみません。人の心配してる余裕ないんです。今月は地方キャンペーン＆馴れないバラエティ出演で一喜一憂する日々です。今日の俺は番組に貢献できたか？　俺はうまく笑えていたか？　誰にも被らず気の利いたコメントを何回言えた？　宣伝目的だからこそ爪痕を残したい。ＶＴＲ中は終始ワイプ画面で微笑みを浮かべ、エンディングでカンペ見ながら淡々と告知みたいなローカロリーな出方では申し訳ない。

「娘さんお幾つになられましたか？」

バラエティの事前取材でよく訊かれます。

「10歳ですね」

俺はいつまで娘の話でお茶の間を沸かせるつもりなんだ。さすがに自我も芽生えて来る年頃。学校で「テレビで父ちゃんがお前のこと喋ってたぜ」なんて笑われたら不憫《ふびん》でならない。とは言え気持ち良く映画の告知をさせて頂くために極力面白エピソードを提供したい。

「最近はお笑いに興味があるみたいで」

「ほお！」

まんまと食いつかれてしまった。娘がこっそりコントや漫才のネタを書き留めている話はテレビではまだしてない。大丈夫か？　学校で「お笑い書いてんだって？　やってみろよ！」なんてデリカシーのないイジられ方されたら不憫でならない。

「どんなネタですか？」

「それはちょっと……娘が嫌がるので」

「そうですか～。ご家族のお話からお仕事の話、その流れで映画の告知に繋げようかと」

「一発ギャグですね」

「ほお！」

ごめん娘！　お父さん余裕ないんです。

思い切って聞いてみた。お父さんがテレビで自分の話するのどう思う？

「えー？　やだよー」

「そうか、やっぱ恥ずかしいよね」

「恥ずかしくはない」

「じゃあ、友達にバカにされちゃうから？」

「それは気にしない」

「そうなんだ。え？　じゃあなんで嫌なの？」

「だって、ウケなかったら悔しいじゃん」

思った以上にプロ意識の高い理由でした。

「そうだね、お父さんの言い方次第だもんね」

「うん」

「実はね、もう喋っちゃったんだよテレビで」

「うそー、やだやだ」

「でもウケたよ」

「マジで⁉」

「くりぃむしちゅーの上田さんに『センスありますね』って言われたよ」

「やったあ！」

このプライドの高さと無邪気さが10歳児のリアルなんでしょうか。でも変に自信つけてNSC行きたいとか言われても困るし、そろそろ娘ネタは封印します。

バラエティ3年ぶりの俺が話題に困るということは、しょっちゅう出てるタレントさんはどうしてるんだろう。改めて見るとMCの人は子供の話どころか自分の話すら実はしてない。「騒動には一切触れず」とか言うけど、そもそも私事を喋る習慣が無いんですね。

（2016年2月4日号）

「これがオランダ人です」

ロッテルダム国際映画祭で
通訳の方が言ったセリフ

ロッテルダム国際映画祭に行って来ました。

当初は出品のみの予定でしたが、公開延期に伴い地方キャンペーンが中止になり、オランダだって「地方」に変わりないんだからオランダ人に売り込んでやれ！　と、急遽お邪魔しました。

12時間のフライトで幾つか仕事を片づける予定でしたが、パソコンを自宅に忘れてしまうという大失態。相当テンパリましたが、同行したマネージャーさんのパソコンを強奪して代用し何とかやり過ごし、現地時間午後3時にアムステルダムの空港に到着。車で風車とチューリップ畑を抜けロッテルダムに入り、時差ボケで朦朧《もうろう》としたまま500人の観客の前でスピーチしました。

「えー、デビュー作『真夜中の弥次さん喜多さん』以来10年ぶりのロッテルダムです。あの時ホモでヤク中の彼氏を演じた長瀬智也くんが、今回は地獄の赤鬼です」

あの時はゲイカップルにのみ絶賛され困惑したけど、今回はどういうわけか会場全体が爆笑につぐ爆笑。本当です。途中笑い声が大きすぎてセリフが聞き取れず音量を上げてもらったほど。ロック＋地獄という設定が欧米人の感性に合ったのでしょうか。中には、そこ笑うとこじゃないんだけど……って思う所も多々ありましたが、それは俺が決めることじゃない。笑うところで笑い、泣くところで泣く。そんな鑑賞法を客に強いるのは作り手の傲慢だ。泣きなさい。笑いなさい。全てポジティブに受け止め日本に持って帰るぞ。エンディングでは食い気味で拍手喝采を浴び、これは動画撮って長瀬くんや神木くんに見せなきゃ！　と携帯を取り出したのですが、さっきまで指笛吹いて歓声を上げてた若者が荷物をまとめてゾロゾロ帰り出した。え、なんで⁉　エンドロールも丁寧に作り込んだんですけど。なんだよ、あの拍手と歓声は社交辞令だったの？

「これがオランダ人です」

通訳の方曰く、欧米人にはエンドロールを最後まで観る習慣が無い。かと言ってつまらなかったわけでは決してなく、むしろ満足した時ほどスパッと立ち上がりさっさと帰るんだそうです。その証拠に翌日発表された観客の満足度で堂々10位に食い込みました。

日本人はエンドロールを最後まで観届ける人がわりと多い。それが作品に関わったスタッフへの敬意であり、逆にさっさと帰るのは、つまらなかったという意思表示だとすら思っていた。エンドロール後におまけ映像がくっついてる映画もある。それについてはオランダ人の評論家がこう言い放ちました。

「そんなものは蛇足だ」

観客へのメッセージは本編で全て表明するべきだ。余韻など要らない。潔くピリオドを打つのが監督の勇気だと。うーん、返す言葉もありません。確かにかつての邦画は始まる前にクレジットを全て出し、ラストは『完』の一文字でスパッと終わったもの。憧れるけど、今は関わるスタッフの数も多いから無理だなぁ。秀逸なエンドロール、『バクマン。』のように、それ自体が作品と言える完成度ならオランダ人も最後まで観てくれるんだろうか。

（２０１６年2月25日号）

「ハロ〜〜ウ」

映画『ロブスター』のトークショーに現れたジャガーさんのセリフ

『TOO YOUNG TO DIE!』の公開日が6月25日に決定しました。

「宮藤くんの映画すごい宣伝してたけどまだ観れてないんだよな、もうやってないよね」と言われますが「もう」じゃない「まだ」やってないのです。確かに予定通り公開されていたら「もう」やってないかも知れない。楽しみが4ヶ月半延びたと思って頂けたら幸いです。


ロッテルダムに続き香港映画祭のレビューも好評らしく「ものすごく褒められています！」と掲載文を送って頂いたのですが英語なのでなんか伝わって来ない。

「単純な愛と人生の選択を巡る物語を、狂気じみたロックへのオマージュ、仏教信仰への馬鹿げた解釈、良く仕上がったユーモアで、エンターテインメントな大狂騒曲に仕上げて」いるんだそうです。なんだかそんな気がして来るから不思議です。

そういえばロッテルダムでギリシャのテレビ番組の取材を受けたのですが「あなたの映画は他の何にも似てない！　あえて言うならギリシャ人監督が撮った『ロブスター』という映画に似ている。機会があったら観るといい」と言われた。先日、仕事帰りに新宿で観たのですが、なかなか不条理かつ哲学的で興味深い映画でした。

エンドロールの途中で席を立つとスタッフに止められた。

「本日トークショーがついてますけど」

マジで？　どうりで平日の夕方なのに空席が無かった。だれ？　監督？　マスコミのカメラが劇場に入る。まさか主演のコリン・ファレル!?　慌ててパンフレットを買い求め席に戻った。

「いかがでした？」司会の女性が登壇する。

「離婚した主人公が45日以内にパートナーを見つけないと動物に変えられてしまう、そんな物語でしたが、本日は動物つながりで素敵なゲストをお招き致しました……ジャガーさんです！」

ええ!?　ファイト！ファイト！ちば！の!?　ガッカリとビックリが同時に襲って来る。

「ハロ～ゥ！　ジャガーでえ～す」

独特のしゃがれ声、黄色い髪の毛に黄色い歓声が飛ぶ。え、みんなジャガー目当て⁉

一応説明すると、ジャガーさんは千葉県本八幡のクリーニング店の社長などを経て、千葉テレビの放送枠を買い取り『ハロー・ジャガー』という番組を放送していたローカルタレント。出身はジャガー星。最近マツコ・デラックスさん（千葉出身）が番組で取り上げて再ブームが来てるようです。「ジャガー」で検索すると外車のジャガーに紛れて情報出てます。

「ジャガーさん、動物に生まれ変わるなら何が良いですか？」との問いに「そうねえ……ポニーですね」と答えるなど、映画以上に不条理だったジャガーさん。最後にメッセージをとふられ、

「えー、このロブスターという映画、ジャガーも観たんだけど、とても素晴らしいので、まだの人は是非観てください」

「まだ」の人はいませんよ。

（2016年4月7日号）

「にせもの時計」

香港映画祭で行った尖沙咀でインド系の男にかけられた言葉

香港映画祭に行って来ました。

丸1日の滞在にもかかわらず多くのファンの方と触れ合い、そもそも香港にファンがいること自体が想定外だったので面食らいましたが楽しかった。『あまちゃん』や『ごめんね青春！』は分かるけど、中国語に訳され出版されてる僕の（唯一の）小説を持ってるお客さんが多くて驚いた。売れてるのか？　香港で映画化されないかな。

オランダ同様、上映会は爆笑につぐ爆笑。ウケ過ぎるとかえって不安になります。もしや字幕で笑ってんじゃない？　俺が中国語分かんないと思って勝手にギャグ足してんじゃないの？　と勘ぐってしまう。あと〝下ネタで引く〟という現象は海外ではまず起こらないですね。我々も洋画の下ネタには寛容な気がするし。『テッド』とか『メリーに首ったけ』とか、日本人が演じてたら果たしてあそこまで笑えただろうか。民族＝文化が違うという適度な距離感が安心材料になるのかも。幸い今回の『TOO YOUNG TO DIE!』には、そこまでドギツい下ネタは無いですが、総じて僕の映画は洋画のつもりで観たらすんなり笑えるのかもしれません。

舞台挨拶、現地媒体の取材に加え「街ブラ的な取材も入ります」という高密度なスケジュール。尖沙咀《チムサーチョイ》という繁華街を、本当にただブラブラして写真を撮り歩いていると、インド系と思しき男性がやたら声をかけて来る。すげえな。インドでも『あまちゃん』流れてんのか？　愛想良く手を振りスター気取り。しかし、よくよく聞いてみたら彼らはこう言ってた。

「ニセモノトケイ」

にせもの時計。ロレックスやオメガなど高級時計の偽物を売っていたのです。

しかしどうなんだ？　偽物を売る時こそ「本物ですよ」って言うべきなんじゃないか？

「ニセモノトケイ！」

堂々たる偽物宣言。香港にくる日本人はみな偽物の時計を探し求めている。そんな確信に満ちた強い眼差し。罪悪感のかけらも無い。そもそもなぜ俺ばかり狙う。同行者3人とも日本人なのに。俺がいちばん騙しやすいか。偽物時計が似合いそうな顔か。

「シャッチョー！　ニセモノトケイ！」

最初は違ったはずだ。ここからは推測です。バレるんじゃないかと最初はビクビクしながら偽物を売っていたはず。

「おい、良く見たらこれ〝ロラックス〟じゃないか！」

一か八か開き直ってみるインド人。

「ダカラ安インダヨ」

ふざけるな金返せ！　と言いたい気持ちをグッとこらえるNOと言えない日本人。こんな事で楽しい旅行を台無しにしたくない。苦笑しながら〝ロラックス〟を腕にはめる。おい、日本人は偽物だと分かってても買ってくれたぜ。マジかよ。だったら最初から「ニセモノ」って言おうぜ。そうだよ、俺たち、嘘つかないに越したことないもん。

「ニセモノトケイ！　アルヨ！　マヤク！」

お？　いつの間にか麻薬が付いたぞ。


（2016年4月21日号）

「地獄へようこそ」

満を持しての公開にあたっての気持ち

『TOO YOUNG TO DIE! 若くして死ぬ』ようやく、ついに、満を持して公開です。長かった。昨年末からのキャンペーン地獄。永遠に続くのかと思いました。

「なんで延期したの？」

おそらく本編を観た人の多くがそんな感想を抱くでしょう。それくらいバカバカしく〝死〟とは正反対の、生命力に溢れたコメディです。ただ本編はそうでも、ポスターや予告編などの宣伝は不特定多数の人の目に触れるわけで、それはこの御時世、配慮が足りないと言われかねないし、作品に対する誤解が生じるのも本意ではない。宣伝できないなら延期するしかないよなという判断、今も間違ってなかったと強く思います。

長瀬智也くんと「ロックのコメディやりたいね」と喋ったのがもう5、6年前。ロックを扱うとどうしてもマジメになっちゃうのが日本人の国民性でありつつ不満なところでした。曲が書けないとか、売れないとか、メンバーの不仲とか。無論それもドラマチックだし映画『少年メリケンサック』や『アイデン&ティティ』で描いて来た。でもロックにはそうじゃない側面もある。ロックの馬鹿馬鹿しさだけを抽出し、なおかつリスペクトの精神を損なわないコメディ、長瀬くん主演なら作れるという確信があった。

「笑い」と「カッコ良さ」が両立することを僕に教えてくれたのはアメリカのロックバンド、KISSでした。あの悪夢的なメイク、奇抜な衣装、ごついロンドンブーツ、火吹きパフォーマンス。それは小学校低学年の男子にとって、ゴレンジャーや仮面ライダーといった戦隊モノと同カテゴリーに属するものでした。曲はめっちゃカッコいい。でもアルバムタイトルが『地獄の軍団』。笑って良いよね、これ、良いんだよね。テレビの前で姉の顔色を窺《うかが》いながら〝カッコいい〟と〝笑える〟が重なるゾーンが〝ロック〟なんだと、子供心に理解しました。

オジー・オズボーン、ジューダス・プリースト、ヴァン・ヘイレン。邦楽だとRCサクセション時代の忌野清志郎さん、聖飢魔Ⅱ、筋肉少女帯。カッコいい+おもしろい=ロックだと信じて疑わなかった。

ところが80年代半ばに事件が起きた。あのKISSがメイクを落として素顔を晒したのです。

憶測ですが、頭の良いジーン・シモンズが「どうやら俺たち最近、笑われてるっぽいぞ」と勘づいたんじゃないでしょうか。レコードのセールスも落ちてる。見た目の奇抜さばかり取り沙汰され、肝心の音楽が届いてない！　と被害妄想に陥ったのかも知れない。理由はどうあれ、僕は大いに落胆しました。素顔のＫＩＳＳの曲は、悲しいほど響かなかった。

昨今のロックバンドは〝笑われる〟ことを拒絶しているように見えます。それは彼らにしてみれば音楽を評価して欲しいという願望かも知れませんが、僕を含めた中高年の耳には全部同じに聞こえる。顔が赤いとかツノが生えてるとか、せめて見た目で差をつけてもらえると助かります。

6月25日公開です！

（２０１６年6月30日号）

「辛さ抑えてありますんで」

仙台の番組で地獄冷麺を食べる前にスタッフに言われたセリフ

『TOO YOUNG TO DIE! 若くして死ぬ』絶賛公開中につき、まずはその話題から失礼します。撮影から1年が経ち、ようやく客観的に語れるようになりました。

「お客さんは宮藤官九郎の映画に何を期待するのか」

4作目にして少し真面目に考えた。パッション（衝動）や思い込み（妄想）を頼りに撮った過去3作から一歩踏み込みたい。監督として代表作を撮りたい……と、言葉にするとダサいですが偽らざる本音でした。何しろ年間500本作られる邦画の中の1本。皆さんのニーズと僕の得意分野が重なるところを狙って勝負しないと淘汰されちゃう。次、いつ撮れるか分かんないんだからカッコつけてる場合じゃないぞ。

そして導き出した結論が「結局みんな〝振り切れたコメディ〟が観たいんじゃやねえ

の？」でした。もちろんアンケート取ったわけじゃないですが。社会派ドラマじゃないよな。まして壁ドン系恋愛映画じゃねえし。消去法で残ったのが「ロック」「青春」「コメディ」そして「地獄」。どうせまた好き放題やり散らかしてるんでしょ？　と敬遠してる貴方、そんなことない！　本当に。入念な脳内マーケティングを経て広く多くの方のニーズに応えて作った〝地獄ドン〟映画です。

半年に及ぶキャンペーン地獄を経て、東京と地方のバラエティ番組の違いを実感しました。

東京キー局の場合、通常の企画に参加した後に「そんな宮藤さんから告知が……」と振られ宣伝するのが基本。ドライだなとは思うけど、こちらの負担が少ないので楽。ほぼワイプ画面で微笑んでるだけ、というケースも少なくない。かたや地方のバラエティ番組は独自の企画を用意してくれる。嬉しいけど少々プレッシャーでもある。

「地獄の激辛メニュー食べ歩きツアー！」

仙台の番組でした。地獄冷麺を食べヒーヒー悶《もだ》えながら映画の見どころをアピールするという、若手芸人ですら滅多にやらない体当たり企画。しかも直前に「辛さ抑えてありますんで」と耳打ちされ激しく動揺した。えっと？　それは？　テレビ的にはリアクションを盛れってこと？　実際バカみたいに辛くて盛る必要なかった。辛さ抑えてなかったら死んでたぜ。

「鬼つながりグルメ3連発！」

名古屋の番組。メンマ鬼盛りラーメンを長瀬智也くん、オリエンタルラジオさんと食べました。ジェンガほどの太さ&長さのメンマが丼の表面を完全に埋め尽くし麺が見えない。歯ごたえが凄すぎて顎関節症になるかと思ったぜ。

他にも局アナの方が鬼のコスプレで現れたり、地獄堂に連れてってくれたり、そのおもてなし精神に頭が下がります。

そう言えばトーク番組で『あまちゃん』の話題になり懐かしい映像が流れたのですが、映像使用の許諾が取れなかったのか、アキ（能年玲奈さん）がワンカットも映ってなかった。代わりに前髪クネ男（勝地涼くん）がガッツリ映ってて笑った。あまちゃんは能年さんの主演作ですよ、念のため。


（2016年7月7日号）

「舞台っぽい」

演劇出身の作家が映像作品を撮った際に必ずつきまとう批評の言葉

おかげさまで『TOO YOUNG TO DIE! 若くして死ぬ』大ヒットと言い切って差し支えない成績だそうです。

あー良かった。

正直もう映画の神様に見放されたと自暴自棄になった。新作映画はもちろん、予告編すらキラキラ眩しく見えて、劇場に足を運ぶのが辛い数ヶ月間でした。俺はもう二度と監督できないかもな〜と半ば諦めていたけど、どうにかなったようなので、そろそろ次回作の構想を練ります。

「舞台っぽい」

演劇出身の作家が映像作品を撮ると必ずつきまとう批評。僕もこれまでさんざん言われました。もっと悪意を込めて「小劇場のノリ」「金のかかったコント」なんて言われたこともある。演劇やコントを低く見ている映画至上主義者にとって僕の映画は「映画じゃない」んだそうです。

　そもそも「舞台っぽい」って言う人は本当に舞台を観たことあるんだろうか。邦洋問わず、昨今の映画界を支えている俳優の多くが舞台出身であることを知っているんだろうか。映画ファンにとっての「舞台っぽさ」って何だろう。大袈裟なセリフ回し？　ムダに通る大声？　ボソボソ喋れば映画なの？　繰り返されるカーテンコール？

　そんな事を考えながら作ったわけじゃ全然ないのですが『TOO YOUNG TO DIE!』は美術や衣装、メイク、カット割り、場面転換など、演劇的な見せ方を意識的に取り入れた映画です。地獄の背景が巨大な幕で、燃えさかる炎の絵が描いてあるとか、セリフを喋っている人物の背後でセットが動いて場面が変わるとか。どれも演劇では当たり前にやってること。映画でも、かつては鈴木清順監督の『東京流れ者』や『陽炎座』など、演劇的な見せ方を大胆に導入した作品がありました。

　僕が参考にしたのは木下恵介版の『楢山節考』。１９５８年の作品です。行きつけの居酒屋のマスターに薦められて観たのですが、歌舞伎や文楽の技巧を、本家をリスペクトしつつ巧みに引用していて驚いた。オールセットなので、室内のシークエンスからカットを割らずに田園のシーンに繋げるカメラワークなどは、回り舞台を観ているようで美しく、演劇と映画の親和性の高さに気づかされました。

そうだよ。俺もともと演劇人じゃん。経験上「舞台っぽい」という言葉をネガティブに捉えてしまいがちだけど、演劇の良い所を映画に活かすのは悪いことじゃない。地獄という異世界で鬼や閻魔大王がボソボソ喋るわけないじゃん。腹から声出さないとハードロックにかき消されるぞ。幕もセットもガンガン動かして送風機もドライアイスも使っちゃえ！

ゆえに今回に限って「舞台っぽい」という批評は正解で、しかも褒め言葉なのです。

「映画っぽくない」

「ロックじゃない」

自分の好きなジャンルを定義づけ、当てはまらないものを「○○じゃない」と弾き出すのは簡単ですが、その排他的な考えが大好きな○○の可能性を潰してしまっていることを、忘れちゃいけないなと思います。

（２０１６年7月14日号）

ウーマンリブ vol.13

七年ぶりの恋人

2015 ／ Stage

7年ぶりの「ウーマンリブ」恋人シリーズ。
テレビ番組『衝撃！ヒットパレード』で30年ぶりに再結成する、
80年代懐かしのアイドル“コンソメパンチ”。しかし、
コンソメパンチの２人は、待てど暮らせど楽屋から出てこない。
番組では騒ぎになっていたが、そのころ楽屋では、
昔の面影をすっかりなくした２人が出演すべきか悩んでいた……。
ほか、昭和の歌謡曲のタイトルをテーマにしたコント全11本。
出演：阿部サダヲ、池津祥子、伊勢志摩、皆川猿時、村杉蝉之介、
荒川良々、少路勇介、宮藤官九郎

「つまんないわ！」

役者に考えさせたアドリブのギャグを見て、つい言ってしまっていたセリフ

劇団員8人でコントの稽古をしています。

ウーマンリブ公演『七年ぶりの恋人』。

ウーマンリブとは、自作をコンスタントに上演するために劇団内で立ち上げたユニット。ほぼ年1本ペースで新作を書き下ろし、最近は3、4年おきにはなってますが、誰かの発注に応えるのではなく自分発信でやりたい事をやる、いわばライフワークです。

ゲストを招く案もあるにはあったのですが、前回が松尾スズキさん主演でゲストに岩松了さん、田辺誠一さん、宮﨑あおいさんという顔ぶれだったので、正直もう外人しか思いつかない。

「今興味あるのはダニー・トレホとソン・ガンホですね。女優だと、んー、レディー・ガ

ガ」

　というわけで初心に返り劇団員のみで頑張ることに決めました。

　今回はテーマというか自分に課した戒律があります。それは約1ヶ月の稽古期間、決してギスギスしないこと。

　見かけによらず実は神経質です。昨日まで面白いと思ってたコントが全く笑えなくなったり、突然腹を抱えて笑ったり。そんな演出家の天の邪鬼《あまのじゃく》を意に介さず、元気いっぱい昨日と同じギャグを繰り返す（それが稽古というものです）役者に怒りすら覚えます。

「そこアドリブなんだから毎日変えてくんないかなぁ！」

　だいたい皆川猿時くんと荒川良々くんが標的になります。

「つまんないわ！　やっぱ台本通りに戻して！」

　稽古場に緊張感を与えることがプラスに働くこともある。が、マイナスも少なくないんじゃないかと我に返った。リラックスしたムードから生まれた脱力系のギャグや即興的やりとりの面白さは、ギスギスしたムードでは決して再現できない。それらは淘汰《とうた》され、本番で通用する鉄板ネタだけが生き残る。そうやって一定のクオリティを保って来ました。

　しかしどうだろう。稽古場で切り落としたギャグ、割れ煎餅やつぶれ梅みたいに、味は一級品なのに不格好で店頭に並べられなかったギャグは、永久にお客さんにお届けできないのか？　自分が好きなのはむしろそっちなのに。

試しに、いつものように俳優を追い込まず、クオリティよりもムードを大事にやってみよう。そんなチャレンジです。

今のところ稽古場で一度もキレてません。これは非常に珍しい事。見飽きたアドリブも、いつか笑える日が来るさと朗らかに受け止める。

「いいですね、皆さん、いいと思います」

この寛大さが果たして吉と出るのか？　凶と出たら鬼と化し、いつもの千本ノックに戻るのか。今のところ俺の機嫌が良いせいか、みんなのびのびとコントを楽しんでいる（ように見える）。

「なあなあ」の語源は歌舞伎の掛け合いだそうです。一方が「なあ」と呼びかけ、もう一方が「なあ」と応える。それ以上は語らず、表情や仕草で気持ちを表現し、場面を成立させる事。20年以上も同じ舞台に立って来た役者同士「なあなあ」の境地に達したのか？

まあウケなかったら千本ノックだけどね。


（２０１５年11月5日号）

「カックラキンばっかり見やがって」

中学の頃、実家のお茶の間で父親によく言われていたセリフ

80年代のヒット曲をモチーフに書いたコントを下北沢・本多劇場で上演中です。『七年ぶりの恋人』

細野晴臣さんに主題歌を作曲して頂き、江口寿史さんにパンフレットのイラストを描いて頂き、もう夢は叶ったと開き直って思う存分「あの時代」に浸りながらふと考えた。僕らが80年代を懐かしむように、若い世代は90年代、あるいは00年代、10年代を懐かしいと感じるのだろうか。C-C-Bの『Romanticが止まらない』のイントロを聴くと条件反射的に甘酸っぱい気持ちになる感覚を、若い世代はAKBによって、あるいはEXILEによって喚起されるのだろうか。

夏のイベントで観たモーニング娘。OGのステージは、その域に達しつつあると感じま

した。確実に「あの時代」の風景を鮮やかに甦らせるサウンド。ひとまわり下の世代がイントロを数秒聴いただけで「やベー!」「超なつかしー!」といちいち悶絶していて羨ましかった。モー娘。デビュー時すでに20代半ばだった僕には正直そこまで響かない。結婚してアルバイト辞めたはいいが安定した収入源もなく将来に不安を抱いていた僕には、ニッポンの未来をイエイイエイしてる余裕など無かったのでしょう。

でも待て。もし10若かったらイエイイエイしてたか? 90年代のヒット曲をモチーフにコント書いただろうか。仮にそうだとすると、人は10代の頃に出会ったものを一生引きずるという単純な話になってしまい、僕の大好きな80年代の輝きが客観性のないものになってしまう。

70年生まれの僕にとって10歳から19歳が80年代に該当します。歌謡曲で言うと松田聖子からWinkまで。それ以前のアイドル、例えばピンク・レディーも好きだったけど、10歳で聖子ちゃんのデビューに出くわしたのは大きかった。ちょうど異性を意識し始めた頃で、聖子ちゃんと三原じゅん子に告白されたらどっちを選ぶか、考えただけで眠れなくなった。つまり若さもバカさも最高潮だったわけですが、それを差し引いてもあの時代は華やかで、テレビの国はキラキラしてた。歌番組もドラマも充実していた。やがて漫才ブームが到来し、オレたちひょうきん族とドリフが土曜日の視聴率を競い合い、ナイター中継が容赦なく割り込む。ビデオデッキが導入されるまでゴールデンタイムのお茶の間は戦場でした。父親にはどれも同じに見えるようで「カックラキンばっかり見やがって」と怒鳴られたもんです。

あれから30年。多チャンネルとハードディスクレコーダーのおかげで選択肢は増えた。反面、お茶の間の熱量は必ずしも高くはない。今ちょうど10歳の娘の将来に影響を及ぼすほどのスターは現れるのか。娘に尋ねたところ「コロコロコロチキチキペッパーズ」と即答した。マジで？　今はともかく30年後に「コロチキの２０１５年のキングオブコント決勝のネタ、ヤバかったよねー」と熱く語ったところで、何人がついて来れるだろう。

80年代を懐かしんでる場合じゃないな。

（２０１５年11月26日号）

「泣いちゃいました」

泣ける要素ゼロな舞台なのに、どういうわけか聞こえて来る感想

ゲストなし、劇団員8人のみで、徹底的にバカバカしいコントを2時間ノンストップでお見せするだけの『七年ぶりの恋人』の東京公演が終わりました。

「何が面白かったか忘れるくらい笑いました」

これ以上の褒め言葉はございません。

「とにかく笑った」「2時間ずっとくだらなかった」などの感想に混じって、どういうわけか聞こえて来るのが、

「泣いちゃいました」

え、なんで？

大阪公演も残っているので詳細は伏せますが泣ける要素はゼロなはず。構想の段階で、

今回はセンチメンタルな要素を一切排除しようと決めた。そればかりか一般的にタブーとされる下ネタ、風刺、楽屋オチなど、笑いのためなら手段を選ばず、節操も世間体もプライドも捨ててやってる。身内には見せたくない内容。なのに、なぜ泣ける？

迷いがない。というのが理由の1つではないかと自己分析しています。例えば小学校の学芸会の出し物。子供達のあまりに無垢で無邪気なさまに胸を打たれて泣いてしまう。あれに近いんじゃないかと。

無論、我々は子供ではない。40代半ばの、芸歴二十数年の中堅です。普段は節操も社会性もあるし税金も払ってる。他の現場では弁護士からコンビニ店員まで、与えられた役を的確に演じる。そんな劇団員が久しぶりに集結し「誰にも気を使わず、2時間ふざけ倒して下さい！」と野に放たれた状態。子供みたいに目を輝かせ、体を張って喉を嗄《か》らして、ひたすらバカなことをやる清々しさ。特に20年以上観続けているお客さんには、良くも悪くも変わらない無邪気さが胸を打つようです。いずれにせよ普段「泣ける」作品作りを強いられる事が少なくない自分にとって「無邪気」が泣きに繋がるというのは大発見でした。

とはいえ肉体は確実に老いている。若い頃は深酒した翌日も準備運動すらせず舞台に立てたけど、今は自己管理が大変。しっかり体と喉をあたため本番に臨む。休演日はしっかり休む。かかりつけの病院の情報を提供しあう。あと差し入れのお菓子が減らない。かつて競い合ってバクバク食ってたドーナッツとかシュークリームが余っちゃう。むしろ果物や梅干し、サプリメントが喜ばれます。先日81歳になる母が観劇する際「甘いものでも差し入れようか」と言うので「いやいや母ちゃん、もう俺ら若くないから」と薬局へ連れて行き「これが一番だから」とアミノバイタルを一箱買わせました。

「あらあ、これ粉じゃないの、お腹にたまらないじゃないの」と困惑気味の母でしたが、実際あっという間に無くなった。

醜態をさらす覚悟で臨んだコント公演の幕が下りようとしている。果たしていつまで続けるのか。スポーツ選手ならとっくに引退している年齢。俳優業、作家業に定年はないけど、コント業にはあるような気がしてなりません。でも若い頃より確実にウケてるしなあ。体を張っても悲壮感が漂わないギリギリの今が、あるいは全盛期なのかも知れません。

（２０１５年12月10日号）

ゆとりですがなにか

2016 ／ Drama

日本テレビ系日曜ドラマ。食品会社に勤める坂間正和は
「ゆとり第一世代」と呼ばれる29歳。マイペースな彼も悩みが
増える毎日で、入社2年目の後輩・山岸には、理解できない
マイペースさで振り回されてばかり。そんな中、正和は成績不振で
本社勤務から居酒屋チェーンへ出向を命じられてしまう。そんな時、
同い年の小学校の教師・山路一豊と出会い、二人で飲みに行くと、
「おっぱいいかがっすかー？」と客引き・道上まりぶが現れて……。
出演：岡田将生、松坂桃李、柳楽優弥、安藤サクラ、
太賀、吉田鋼太郎ほか

「自分、ゆとりなんで」

ゆとり世代が自嘲気味に言うセリフ

4月から『ゆとりですがなにか』というドラマをやります。『TOO YOUNG TO DIE!』が超絶地獄コメディで次作が社会派ドラマ、という振れ幅が自分としては痛快だったのですが、諸事情により世に出る順番が逆になってしまった。でも「バカまじめ」が「まじめバカ」になっただけなので両方観て頂ければ支障ないです。

1987年度生まれを『ゆとり第一世代』と呼ぶそうです。僕はあまり詳しく知らず、2002年中学3年の時に週休2日になった子たちね、ぐらいの認識でした。そもそも「ゆとり」という言葉を頻繁に耳にするようになったのは「学力低下」「脱ゆとり」などネガティブな意味合いで使われるようになってから。なので漠然と、可哀相な世代だなと感じていました。

「これだからゆとりは」

そんなお決まりのフレーズを頻繁に聞くようになったのはごく最近です。例えば撮影現場で若い助監督くんが、手帳を片手に何か言いたげな顔でくっついて来る。ちょうどコーヒーが飲みたかったので「コーヒーちょうだい」と声をかける。ところが彼は、手帳を脇に挟んでコーヒーを紙コップに注ぎ僕に手渡すとどっか行ってしまった。あれ？　話しかけるきっかけを作ったつもりだったんだが。結局その日も翌日も声をかけて来ない。

「監督、ちょっと確認よろしいですか？　今日これから撮るシーンの小道具なんですけど」

「今日？　これから？」

「はい、主人公の使っている手帳なんですが、監督のイメージはこんな感じで……」

「全然ちがいます」

3日越しのボツを食らい、手帳を持ったまま立ち尽くす助監督くん。背後で先輩が叱責する声が聞こえる。

「なんでもっと早く確認しなかったんだよ」

「すいません」

彼にしてみれば3日前、用意した手帳がどうもイメージと違う気がする、しかも監督は忙しくピリピリしてて声かけづらい。今日は諦めて明日にしよう、と先延ばししてるうちに時が経ち、改めて手帳を見たら、案外これでも良い気がしてきて、思い切って声をかけたのが撮影の数時間前、という塩梅なのだろう。

「まったく、これだから〝ゆとり〟は」

そうか、こういうのが『ゆとり』か、と膝を打つと同時に、でも待て、土日が休みになり授業時間が減ったくらいで、簡単な確認に3日もかかるような困ったちゃんになるか？「ゆとり」という便利な言葉を用いて、その前と後で世代を区切るだけの、いわゆる次世代バッシングなんじゃないか？ 挙げ句「自分、ゆとりなんで」と自嘲気味に宣言することで、自分の至らなさを世代のせいにする若者までいる。

「飲み会？ 行きません、自分ゆとりなんで」

問題は教育制度そのものではなく、それを受けた彼らが社会に出て感じている負い目の方じゃないか。個性を発揮する前に世代で括られてしまった彼らの抵抗の声を聞いてみたいと思い企画が誕生しました。

どうです、いつになく真面目でしょう。

（2016年3月3日号）

「俺たちの若い頃は」

ゆとり世代が一番苦手とするらしい、先輩のトークの決めゼリフ

先輩に誘われたらどんなに疲れてても飲みに行ったもんだ。だからお前らも……という誘いが一番苦手なんだそうです、ゆとり世代は。

ドラマ『ゆとりですがなにか』の脚本を書くにあたって、20代の会社員の方々と会って話を聞いています。

「会社やめたいと思ったことある?」とこちらが言い終わる前に大きく頷くほど疲弊しきっているフレッシュマン達。

「一日中Twitterを見るのが仕事です」

ある営業マンは自社の関わった商品がどう評価されているか、ひたすらTwitterをチェックする部署に配属されたそうです。出社してパソコンを開き、まず夜間の呟きをチェッ

ク。気になるツイートは社員に転送し情報を共有するそうです。

「あと、年配の社員さんにTwitterの影響力の大きさを説明するという業務もあります」

そんな業務、俺に出来るだろうか。

また別の営業マンは、

「早めに契約が取れた日はドトールでサボります」

主にドトールで台本書いてる俺はなんだか申し訳ない気持ちになる。

実際、入社1年で辞める社員は相当数いるようです。その主な理由が「他にやりたい事が見つかったから」。

ものは言いようだなと思います。目の前の仕事が苦痛でしょうがない時、全く違う世界を空想して現実逃避することは誰にだってある。現実の辛さが、空想世界の〝やりたいことをやってる自分〟をより輝かせる。そこで踏み止まらず、あっさり一斉メールで「辞めます」と言えちゃうのが、ゆとり世代なんでしょうか。この先はドラマの方で掘り下げます。

平成元年に大学生になった僕はバブルの最後っ屁をギリギリ嗅いだ世代。就職率も今よりは高かったはず。もし流れに乗って就職していたら社会人24年目。とっくに中間管理職です。

先日、幼なじみが企画に携わった絵本のイベントに、安齋肇氏と共にトークショーのゲストとして招かれました。大手企業の営業マンの幼なじみは、新幹線のホームでビシッとスーツを着て僕を迎えてくれた。鼻水垂らしてザリガニを引きちぎって遊んだ同級生が「お荷物持ちましょうか?」と冗談まじりに言いながら、最短距離で改札を出てジャンボタクシーまでアテンドしてくれる。会場への移動中も、資料を全く読んでない僕に、イベントの概要を分かり易く説明してくれるし、その合間に部下と連絡を取り合い、会場に着くと即座に市長を紹介してくれ地元の名産品だけでなく娘にまでお土産をくれる。無駄のない、細やかな気遣い。すげえな。川原で拾ったエロ本を乾かしてパリパリ剝《は》がして遊んだ仲なのに。24年前『自由人』と『社会人』の分岐点で二手に分かれただけでこんなに違っちゃうとは。もし社会人方面に進んでたとしても、俺はあんな風にスマートに同級生を接待できない。だから今もエロ本をパリパリ剝がすようなことを仕事にしている。それで良いと開き直るつもりはないけど、もう引き返せないし、ゆとり世代じゃないから空想だけにしておきます。

（２０１６年４月14日号）

「言いにくい」

20年くらい前、撮影現場でおもに主役級の人が呟いていたセリフ

ちょこちょこドラマや映画に出始めた20代半ばの頃、撮影現場で、おもに主役級の人が呟いていました。

「このセリフ言いにくい」

もちろん早口言葉的な、赤パジャマ的な言いにくさではありません。セリフが自分の演じる役の気持ちに反するという意味です。どうした？　監督が駆け寄る。撮影はストップし議論が始まる。じっと待つ俺。飛び交うカッコいいフレーズ。

「このセリフを言う生理が分からない」

「腑に落ちない」

「しっくり来ない」

「○○（役名）はこんなこと言う男じゃない」

すげえな。そこまで役に入り込み台本を読み込んでるんだ。監督も食い下がる。「逆に」「あえて」「違うニュアンスで」どんどんカッコ良くなる現場の空気。俺もあんな風に監督とディスカッションしてみたいものだ。いや、するべきだ。役の大小にかかわらず。

試しに劇団の稽古場で、演出の松尾スズキさんに進言してみた。

「このセリフ、言いにくいんですけど」

「いいから言えよ」

秒殺。そうでした。意味なんか考えるな、書いてある通りに言えば面白い。それが松尾さんの書くセリフだし演出でした。生理に反するから面白いし違和感も込みで笑える。言えないのはヘタクソだからだ。そんな稽古場という名の鉄火場で鍛えられたから、監督に質問したり変更を申し出るのはカッコ悪いことだと今もどこかで思っています。

反面、脚本を書く立場の時は役者さんに「言いづらい」「しっくり来ない」と言われないよう細心の注意を払います。監督に申告できない気弱な役者がヘタに見えないために。

ヘタだったもんなー、俺。今も決して上手じゃないけど。たまに昔の映像作品観て、気持ちが埋まらないまま演じている自分に愕然《がくぜん》とします。あんな思いさせたくない。だから役者さんの口調を真似て小声で呟きながら書いてる。

でもどうなんだ？

ちょっと過保護過ぎやしないか。考えたら我々は日常生活において〝しっくり来ない〟言葉を吐き〝腑に落ちない〟ことも黙って飲み込んでストレスを溜め込んでるじゃないか。

今やってるドラマ『ゆとりですがなにか』は達者な俳優さんが多いので、あえて寄り添わず書きました。例えば太賀くん扮する、ゆとりモンスター山岸。

「まず謝れや！　おい！　おっさん！　土下座しろよ！　やり方教えてやろうか⁉」

いいのか？　直属の先輩にここまで悪態ついて。もうちょっと可愛げを残しとかないと後々〝言いにくい〟が出るんじゃないか？　いや、追い込まれた人間は先のことなんか考えないし過去のことなんか覚えてない。誰彼構わず牙を剝くし、その舌の根も乾かぬうちに笑顔で懐いて来る。それが真のモンスター。よって彼らに〝言いにくい〟言葉なんてない！

今回は彼に限らず誰からも〝言いにくい〟は出ませんでした。みんな若いのに、大したもんです。

（２０１６年6月16日号）

「ゆとりなんです！」

ゆとり世代の若者が街で声をかけてくる時のセリフ

1年前『ゆとりですがなにか』というドラマを書いたせいで、若者から声をかけられる機会が増えました。

どう応えたらいいんだ。相手は実に屈託がない。俺のこと味方だと思ってるようだ。やっと見つけた理解者。果たしてそうか？　全10話を通して、ゆとり世代を批判も擁護《ようご》もしてないつもりだけど。そもそも「ゆとり」って自分で名乗るものだっけ。『あまちゃん』における「岩手出身なんです！」に近いニュアンスで「ゆとりなんです！」と言われる。ドラマになって市民権を得た、と勘違いさせてしまったのか。

そんな『ゆとり〜』のスペシャルドラマを書きました。『小さな巨人』で小さくない熱血刑事に扮する岡田将生くんと『おんな城主　直虎』でビジュアル系盗賊団の長に扮する柳楽優弥くん、そして明治安田生命のCMで親子ほど年の違うしょぼくれた兄さんを釣りに誘う健気な弟、松坂桃李くん。みんな大活躍。忙しい。スケジュール合わないんじゃない？と訊いたら「3月なら数日間、揃います」とのこと。え？　放送は7月ですよね。「ええ、ただ、安藤サクラさんがご懐妊ということもあり」ええ⁉　大丈夫っすか⁉　まあ書くけど。というわけでとっくに書いてとっくに完成してとっくに観ました。面白いだけでなく、あ、こういう続編ならたまに作ってもいい！　と、初めて感じる作品でした。

続編は難しい。1作目が評価されたという前提で制作するので、どうしてもそれを超えようとしたり、同窓会的に前作のノリをこすろう（再現しよう）としたり、不純な邪念を払拭するのに時間がかかる。なおかつ「前作を観てなくても楽しめる続編でした」というレビューを鵜呑みにして、いきなり『ローグ・ワン』観て激しく後悔するような事のないよう、前作を観てない人にも優しい続編でなくちゃいけない。

その点は「ゆとり世代のドラマなんだな」という一点だけ了解して観てくれたら楽しめると思います。何しろ正和、山路、まりぶの3人は最終回から1度も会ってない。別に喧嘩して気まずいわけでもないのに、何となく疎遠になっている。そういうこと、私達の日常においてもままある事ですよね。金借りてるとか仕事上の付き合いがないと、平気で1年ぐらい会わないのが社会人。そもそも他人だった3人が、限りなく他人に戻っている。

誰も死んでないしフォースの使い手もいない。観やすい。３人が再会するところから物語が動き出し、なんやかんやあって、またバラバラに去って行く。超えなくていい。こすらなくていい。「あ、久しぶり」「あ、どうも久しぶり、どう最近」という所から始められる定点観測ドラマ。

これは続編向きだ。例えば20年後、50代になった３人が若者から「これだからゆとりは」と冷笑されやけ酒飲んだり、80代になって若い介護士を「おっぱいじゃないスか？」とからかって「もお、ゆとりのお爺ちゃん」と軽くあしらわれたり。ん？　書いてる俺は何歳だ？

（２０１７年６月29日号）

「キレッキレですね！」

本編よりゆるい感じを目指した台本に、スタッフやキャストが言ったセリフ

Huluで『山岸ですがなにか』というショートドラマを書きました。全4話。タイトルから推測できると思いますが『ゆとりですがなにか』から派生した、いわゆるスピンオフというヤツです。

スピンオフ。初めてなので加減が分からず、なかなか手をつけられませんでした。本編の何をどうスピンすれば良いのか。全く変えちゃったらそれは新作だし、踏襲し過ぎたら続編だし。

「主役を変えましょうか、山岸とか」

なるほど、それはいい！　確かに朝ドラのスピンオフとか、主役変わってるもんね。

でも待てよ。そもそも『ゆとり～』は群像劇。共通認識としては正和（岡田将生くん）

が主人公だけど、山路（松坂桃李くん）も、まりぶ（柳楽優弥くん）も、宮下茜（安藤サクラさん）も、むろん山岸（太賀くん）も。書いてる時はみんな主役なんだよなあ。

「本編より〝ゆるい感じ〟ってことですかね」

自分で言っといてなんですが、この〝ゆるい感じ〟が鬼門で、年々『ゆるい』面白さが分からなくなっています。正確には自ら『ゆるさ』を標榜《ひょうぼう》するものに魅力を感じないというか、苦手なんじゃないかとさえ思う。「独特のゆるい世界観」とか「脱力系」とか。そもそも脱力するのは作り手？　受け手？　制作者？　消費者？　どっち？

ゆるキャラは受け手でしたよね。作り手はカワイイものを目指して作ったのに、出来上がったキャラがあまりに珍妙で思わず脱力して笑ってしまう。そのズレこそが〝ゆるキャラ〟の起源でしたよね。合ってるかどうかは今度みうらじゅんさんに確認しますが、作り手が『ゆるい』を目指した時点で、もう〝ゆるキャラ〟ではない。その法則で言うと、作り手が『ゆるい』を目指し、狙い通りに『ゆるく』作られた世界は果たして『ゆるい』のか。

といった事をウジウジ考えてたら〆切を過ぎ、能書きはいいから書けよともう一人の自分に急《せ》かされ、出した結論が「執筆環境を変えよう」というものでした。

具体的には『ゆとりですがなにか』は近所の、コンセント借り放題のガストでじっくり書いたので『山岸ですがなにか』は某コーヒーショップで書こう。パソコンがギリ置ける幅しかない狭いカウンター。椅子もちょっと高め&固めのスツール。およそ長時間の執筆には適さない場所で、油断したら尻がスピンオフしそうな不安定な椅子に座って、時間かけても仕方ないから1日1話ペースで一気に書き殴った台本は、どういうわけかスタッフやキャストに好評。

「キレッキレですね!」

あれ? 〝ゆるい〟の目指してたんだけど。まあ、面白がってくれてるならいいや。

そもそも山岸は、上司をパワハラで訴えるとして土下座を強要する『ゆとりモンスター』。台本上愛される要素は皆無。なのにスピンオフまで制作されたのは、ひとえに演じた太賀くんの力技だと思います。今回も本当に憎たらしい。もはや『ゆとり世代』のカテゴリーから完全にはみ出した怪演っぷりです。絶対観た方がいい!

(2017年7月6日号)

「効率悪いじゃないスか」

ゆとり世代の若者が恋愛をしなくなった理由

『ゆとりですがなにか』というドラマを書いた頃から、若者が恋愛をしなくなった、という話をよく聞きます。

「だって効率悪いじゃないスか」

確かに、フラれて落ち込んだり、彼氏に浮気されてムカついて仕事が手につかない等マイナス面は多い。あらゆる事が合理化、マニュアル化された現代において、相手の気持ちという、予測不能なものに左右される恋愛は効率が悪い。だったら自分ひとりの時間を充実させたい。

分からんでもない。恋愛でいちばん盛り上がるのって「あれ？　ひょっとして好きかも？　これ恋？」とか「やだー、初デートなに着て行くか迷っちゃうー」とか超初期段階の、あくまで個人的な盛り上がり。つまり〝イントロ〟の〝ソロパート〟です。T．REXの『20センチュリー・ボーイ』で言うなら♪じゃがじゃーん！　じゃがじゃーん！「アウ！」じゃーじゃじゃじゃじゃじゃららじゃーらじゃーらーの部分が恋愛のピークで、その後は手拍子が入って来たり♪ハ〜とコーラスが入って来たりして、他人に合わせなくちゃいけなくなる。それが若者には煩わしいのでしょう。ソロパートの盛り上がりだけなら今はLINEとかインスタとかゲームアプリで代用できちゃう。「初デート、なに着て行こうかな〜」なんて恰好のインスタ向けのネタなんでしょ？　彼氏ひとりの微妙な「ふーん」より、顔の見えない５００人の「いいね！」の方がテンション上がる。恋愛のいちばん美味しいところをスマホのアプリに奪われた悲しい世代と言えるでしょう。

ところで、私はプロフィールの筆頭に『脚本家』が来るくらい脚本を生業《なりわい》にしている人間なのですが、ふと同業者を見渡した時に、ほぼ年上か同世代しかいない事に気がつき愕然としました。『池袋ウエストゲートパーク』を書いたのが29歳。当時すでに若くなかった。同世代のライターさんも大勢活躍してました。

今どうだろう。若い脚本家、いるけど少なくない？

「宮藤さんのドラマ大好きでぇ、私も（僕も）脚本家になりたいんですぅ」って、前ほど言われなくなった。これはもしや？　若者が脚本家という職業を「効率悪い」と思ってるということではないでしょうか。

悲しいかな当たってる。

まずソロパートがない。脚本は役者さんが声に出して読むことで初めて〝セリフ〟になる。加えて小説のような、文章のみで完結する表現なら直面しなくて済む現実に脚本家はぶち当たります。

「すいませ～ん、予算の関係でこの場面、香港じゃなくて熱海でもいいでしょうか?」

「〇〇さんが携帯電話のCMをやってるので『スマホの画面を割る』というのがNGで」

「火野正平さんがNGになりまして、皆川猿時さんになりました。つきましては、若干の書き直しを」

そのくせ作業は孤独で地味。キレのいいセリフを書いても、誰の「いいね!」ももらえない。

若者よ、悪いこと言わない、脚本家になる暇あったら恋愛しなさい。

（2018年2月22日号）

大パルコ人③ステキロックオペラ

サンバイザー兄弟

2016 ／ Stage

かつて、「赤いの」こと金目鯛次郎と「青いの」こと小鰭光は、
関東かっぱ連合の構成員として、赤と青のサンバイザーを身につけ
豊島区を牛耳る「池袋のサンバイザー兄弟」として恐れられていた。
17年後の2033年。服役していた鯛次郎が釈放され、
ひとり娘「ぬめり」とも再会し、組長のもとへ挨拶へと向かうと、
組は鯛次郎の逮捕後、暴排条例により弱体化して崩壊寸前。
鯛次郎と光はその後、組をたて直すために奔走することに……。
出演：瑛太、増子直純（怒髪天）、清野菜名、りょう、三宅弘城、
皆川猿時、よーかいくん、宮藤官九郎ほか

「ホントに毎日やるんだね！」

主役の怒髪天・増子直純さんが演劇の稽古について言ったセリフ

芝居の稽古ばかりしています。

大パルコ人シリーズ第三弾、ステキロックオペラ『サンバイザー兄弟』が間もなく初日を迎えます。瑛太くんと怒髪天の増子直純さんによる和製ブルース・ブラザース。歌うし踊るし楽器も演奏する。たった11人で。ギャグあり、アクションあり、セミヌードあり。カーテンコールで役者が並んだのを見てきっとこう思うはず。

「11人しかいない！」

50歳にして初舞台の増子さんに「演劇の稽古ってホントに毎日やるんだね！」と驚かれましたが、いやいや、若い頃はもっとやってたんです。約1ヶ月、午後1時から6時までの5時間。本番2週間前から1時～9時になる。それでも初日はテンパるし、スベるギャグはスべる。稽古すりゃいいってもんじゃないよね。もう歳だし、家庭もあるし。疲れたら帰ろうよ。最近はだいたい7時に終わります。

思えば20歳の時から26年間、稽古と本番を繰り返して来ました。公演が年間4、5本あった頃はそれでほぼ1年が埋まった。ここ数年は年1本になり、とうとう来年は舞台の予定がありません。1年間舞台をやらない。26年のキャリアで初めてのことです。

自分の心が演劇から離れてるんじゃないか、と考える時期がありました。若い頃の闇雲な情熱はとうに無く、つい経験に頼ってしまう。想像を超える奇跡もそう起こらない。このままだと生活のためのルーティンワークに成り下がるんじゃないか。残りのステージを数えて「まだ半分もやってないよ〜」とうんざり顔の共演者に、だったらやめようよ。俺も含めて、好きじゃない人間が作った演劇に費やすお金と時間と木材と布地と電気、もったいねえよ、と。

そんな時、増子さんのような初めて演劇に触れた方から「いやー、演劇ってすごいね」「大変だけど面白いね」と言ってもらえると嬉しくてしょうがない。我々が当たり前のようにやっていること、セリフを覚えて喋り、他人のセリフに耳を傾け、立ったり座ったり、時には踊り狂ったり暴れたり、時には男同士でキスしたり。そんな〝因果な商売〟が崇高な行為のように思えて来る。毎日同じ時間に同じ場所（劇場）に赴き同じセリフを喋り、一挙手一投足違わぬ言葉と動きで拍手を頂戴する。素敵じゃないか。

演劇に限らず、それぞれの業界の〝当たり前〟を讃える。あえて言葉にすることは案外大事かも知れません。「来週この続きが観れるなんてドラマって最高だね！」とか「映画って画面が大きいよね！」とか。瑛太くんも初めてバンドの生演奏で歌ったあと「デカい音に合わせて、自然に体が動きました。バンド、いいですね」と言ってて、ボーカリストの増子さんがそれを嬉しそうに聞いてて、ああ、こういう感覚を忘れちゃいけないと改めて感じました。

先の予定が無いって事は、俺にとってもこれが最後の舞台になるかも知れない。当たり前を噛みしめて精一杯やろうと思います。


（２０１６年11月10日号）

「お父さん静かに！」

なかなか寝ない娘が説教を
遮って言ったセリフ

テレビばかり観てなかなか寝ようとしない娘（小5）に説教しようとしたら遮られた。

「聞いて聞いて！」

と、画面を指差す娘。桑田佳祐さんのCMが流れている。

「桑田佳祐、ソロ4年ぶり年越しライブ」

すると勝ち誇ったような顔で娘がこう言った。

「ね？『小型けいすけ』って聞こえるでしょ！」

言われてみれば、ナレーターの「くわた」のクセが強いため「こがた」に聞こえなくもない。でもお父さんのお説教を遮ってまで言うことか？　小型けいすけ。歯も磨いてないし。小型けいすけ。くそ。じわじわ面白い。中型や大型も想像してしまう。

「おやすみなさーい」

というわけで、相変わらず稽古場と家とスタバの三点移動なので、この程度の〝なんつった〟ネタで申し訳ございません。あ、今日、稽古場で、役者さんが立ち位置を間違えていたので「下がりましょうか」と言ったら、他の役者さんが「触りましょうか」と聞き間違えたらしく、たまたま隣にいた人のある部位を触り始める、というハプニングがありました。誰が誰のどこを触ったかは、ここでは言えませんが、気になった方は是非『サンバイザー兄弟』を劇場で観て、ご確認下さい。と言うのも、地方公演のチケットが若干ですが売れ残っているようなのです。大阪と仙台。すいません。必死に宣伝してるみたいですが、自分自身この状況をポジティブに受け止めています。

「観に行きたいけどチケット取れないからなー」とよく言われます。それが社交辞令だということも薄々分かっています。その証拠に「じゃあ取りましょうか?」と返すと、はなから観に行こうと思ってない人は目が泳ぎます。

〝チケット取れない〟イメージに惑わされ、買い求める前に諦めてしまう人もいるようですが、完売しないケースもあるんです。数年前、ちょっと冒険的な、若手主体のキャスティングで芝居やったら、やはりチケットが伸びなかった。地方公演は安定感のあるキャストじゃないとまだまだ厳しいのだな、と改めて学びました。と、同時に「今回、初めて宮藤さんのお芝居を観ることができました」という声を沢山いただきました。

「いつも諦めてたけど、今回は深夜にやたらTVスポットが流れてたので、ダメもとで申し込んだら取れました」

「初めて観たのですが、面白かったので、今日は友達誘って当日券に並びます、2回目です」

「10年前に東京で観て以来です。子育てから解放されて久しぶりに観ました」

そんなお手紙を幾つも頂きました。どれも即日完売だったら起こり得ない事です。ドラマや映画でしか知らなかった方にとって舞台作品は新鮮だったようで、それをきっかけに毎回観に来るようになった人も多い。

空席がある、ということは、新しいお客さんと出会えるチャンス。そう信じてますので、どーかひとつ、大阪&仙台の一見《いちげん》さん、よろしくお願いします!


（2016年11月17日号）

「書けるの？」

大河ドラマを書くことを知った人にニヤニヤしながら言われたセリフ

舞台『サンバイザー兄弟』連日大盛況のまま東京公演を終えられました。今回は瑛太くん、怒髪天の増子直純さん、りょうさんなどが出ているため、あまり接点の無いスペシャルなお客さんが観に来てくださった。ライブシーンで、ギター弾きながら客席を見たら、尋常じゃないオーラを発している男性がいて、思わず二度見してしまった。

吉川晃司じゃん!!

客席ににくまれそうなNEWフェイスを発見し、俺は動揺のあまりつんのめってしまった。10代の頃からファンだったアーティストが客席で手拍子する中、猫背の俺がスポットライトを浴びてギター弾いてる。間違ってる。次の日は渡辺美里さんが、他にも大槻ケンヂさん、みうらじゅんさん、田口トモロヲさん、安齋肇さん、高田文夫先生も来た。高校の頃の夢、だいたい叶ってるわ。あと最近慣れてきちゃってるけど小泉今日子さんに「楽しかった」とか言われて正気でいられる俺、何様なんだよ。とにかく来年からの冬眠生活の蓄えが出来ました。

このあと地方を回るのですが、仙台がですねえ……凱旋《がいせん》公演なのにチケットが余ってるという由々しき事態。急遽キャンペーンに行くことにしました。「暮れも押し迫った平日に観劇なんて」というのも分からなくはないです。実際、同級生が「仙台じゃ観れないから」と、わざわざ東京に来たし。だから仕事を休んで来いとは言いません。が、もし代わってくれる優しい同僚がいたら甘えてもいいんじゃない？　それくらいの値打ちはあると思っています。瑛太くんのソウルナンバーも、りょうさんの演歌も、増子さんの長ゼリフも、他じゃあ絶対聴けません。

そんな楽しい舞台が終わると、いよいよパソコンにかじりつく新年がやって来ます。

2019年大河ドラマを書くことになりました。と言っても2年も先の話で、その前に書かなくちゃいけないものも多々ある。なのに会う人みな「だいじょぶ？」「大河なんて書けるの？」とニヤニヤしながら言うのでじわじわプレッシャーを感じています。と、同時に公になった事でずいぶん気楽にもなりました。

思えば夏にストックホルム→ベルリン→リオと旅した時も周囲から「どうした急に？」

「46歳で自分探し？」とニヤニヤされましたが、大河の取材だとは言えなかった。ついでにリオで開会式を見てたら「なんでいるんですか⁉」「まさか2020年の開会式を⁉」と勘ぐられた。いやいや無理！　劇団員の結婚式の演出すらまともに出来ないのに。幕末にも戦国にも思い入れが少ない俺が、オリンピックならどうにか書けるかも知れないと安請け合いしましたが、よくよく考えたらスポーツの歴史にもさほど思い入れなかった。今その知識を死にものぐるいで詰め込んでる最中です。はい。ハッキリ言って今めちゃくちゃ詳しいです。

でも今は目の前の『サンバイザー兄弟』に集中しないと。仙台の皆さん、22日はアフタートーク付きです。お願いだから故郷に錦を飾らせてくださいっ！

（2016年12月22日号）

#「え、何パーセント?」

楽屋での三宅弘城さんの空耳ゼリフ

舞台『サンバイザー兄弟』大阪公演中の話です。疲れがたまって来たのでサウナでも行こうと楽屋で検索してます。同室の三宅弘城さんは腹筋を鍛えてる。

「あ、歩いて10分のとこにある」

「なにが?」

「スーパー銭湯」

「え、何パーセント?」

「スーパー銭湯だよ」

「100%?」

「もういい!」

スーパー銭湯を千パーセントと空耳され、即座に「カルロストシキじゃねえよ！」と突っ込んだ70年代生まれの貴方に朗報です。

２０１７年2月に我がグループ魂のＭＣにして〝永遠の46歳〟港カヲルこと皆川猿時さんがリアルに46歳を迎えるにあたり、東京と大阪でソロコンサートを開催します。これは僕にとっても非常に感慨深いこと。『あまちゃん』の磯野先生など、今でこそ名バイプレイヤーとして引っ張りだこの皆川さんですが、長いこと「稽古場では断トツ面白いのに、なぜかお客さんにはウケない役者」でした。稽古で面白い！と確信したものが客にウケない。演出家としてこんなに悔しい事はありません。厨房で美味い！と確信した料理を客が残すようなもの。なぜだ。何がいけないんだ。試行錯誤を繰り返し苦虫を噛み潰した。本人は特に気に病む様子もなく淡々と面白いことを繰り返す。

「なんでウケないのかな、面白いのに」

「すみません」

「いやいや、責めてるわけじゃないんだよ、むしろ褒めてんだけど」

「すみません」

〝面白い〟と〝ウケる〟は違う。皆川猿時さんから学んだことです。

ウケる役者とは何か。観客が何を求めているかを察知し、それを提供できる役者です。

今風に言えば、空気が読める人。では面白い役者とは？　自分の中に観客がいて、その観客が面白がる演技を頑なにやる人、ですかね。僕は同い年で感性も近いため、すんなり皆川くんの観客になれたけど、一般のお客さんを巻き込むのには時間がかかりました。時には「大丈夫、声にならない笑いもあるからね」と、よく分からない言葉で慰めたり。

そんな皆川さんが今や百発百中の爆笑王。太った以外、特に何も変わってないのに。時代が追いついた、という修辞がありますが、彼の場合〝時代をねじ伏せた〟感すらある。頼もしい反面、一抹の淋しさも感じる。

面白いとウケるは違う。稽古場の〝面白い〟を劇場の〝ウケる〟に限りなく近づけるのが僕の役割でありライフワークなのですが、完全にイコールになるのは怖い。その状態を良しとしてしまうと、その先には『面白くないのにウケる』という悲しい結末が待っているからです。そうならない為には新たな〝面白い〟を探し〝ウケる〟に昇華しなくてはいけない。創作の基本な気がします。

とりあえず１００％ウケてる皆川さんにも悩みがあるそうで。それはエッチなマッサージのお店に行けなくなった事。理由を聞いたら、

「そりゃ宮藤さん、週刊文春が怖いからですよ！」だそうです。

（２０１７年１月５・12日号）

カルテット

2017 ／ Drama

TBS系火曜ドラマ。弦楽器の演奏家の夢が諦められない巻真紀、
世吹すずめ、家森諭高、別府司の4人はカラオケボックスで出会い、
弦楽四重奏のカルテット「ドーナツホール」を結成。4人は司の祖父が
所有する軽井沢の別荘で、共同生活をしながら音楽活動をすることに。
レストラン「ノクターン」で演奏することが決まり、その練習中、
真紀は「夫が1年前から失踪している」と告白するが、実はその陰で、
すずめは真紀の姑から真紀を探るように依頼されていた……。
出演：松たか子、満島ひかり、高橋一生、松田龍平、
吉岡里帆、宮藤官九郎ほか

「今回は死ぬ？」

約３年ぶりにドラマに出ることになった俺に娘が言ったセリフ

「ぜってえ無理！」な量の仕事を抱えて途方に暮れている、そんな状況下で、約3年ぶりにドラマに出ることになりました。関係者の皆さん、どうもすみません。まあ俺が宣伝しなくても観る人は観るし観ない人は観ないんでしょうが、火曜ドラマ『カルテット』です。

「今回は死ぬ？」

娘にそう言われました。物心ついてからお父さんが演じた役柄をざっと挙げると、死ぬ役、死んでる役、死にかける役、死んだ目をした役、ギャオスに食われて死ぬ役。生存率15％未満です。しかも監督したのが地獄の映画。お祓いした方がいいかも知れない。

そして今回は1話から〝死んでるフラグ〟がビンビンに立ちまくってた松たか子さんの『夫さん』役です。都内でロケやってると「あれ？　松たか子じゃね？　つーことはカルテットじゃね？　つーことは隣にいるの、夫さんじゃね？　え、生きてんの？　つーかクドカン⁉︎」というザワつきを肌で感じて気持ちがいいです。実際、俺も驚いた。視聴者として面白く観ていたドラマに途中から、しかもガッツリ出るなんて。台本読んで悲鳴を上げてしまった。ぎゃー、ほぼ出ずっぱりやー！　なにこれえー！　愛の物語やー！　名ゼリフの宝石箱やー！

　ラブストーリーの名手、坂元裕二先生のシナリオは繊細で、なおかつ展開は予測不能、読むだけで人物像が浮かび上がり、ぐいぐい引き込まれる。俺の部分に限って言えば、読むだけの方がいいんじゃない？　って思う。本当に。俺じゃない役者、例えばライアン・ゴズリングに置き換えて読んだらスッと入って来るかな。それくらい甘くて切ない夫婦の物語……になってましたかね。２日前に６話が放送されたはずなんですが。

　気になるのは娘の感想です。毎週楽しみに観てたドラマに突然お父さんが出て来て、お母さん以外のキレイな女性と恋に落ちたかと思えば「結婚しても恋人同士でいたい」なんてわがままを言った挙げ句に失踪、退職金も底をつきコンビニ強盗を働き逃走。

「これだったらお父さん、死んだ方がマシ！」って言われないかな。

　台本の段階ではすごく共感できたんです。お互いを愛するあまり言いたいことが言えず小さなストレスを溜め込んで破綻する夫婦。感情移入できなかったとしたら、それは俺がゴズリングじゃないからです。

今回、久々にドラマの現場を経験して、脚本を待ってる役者やスタッフの気持ちが分かった気がします。寝る間を惜しんで神経すり減らし撮影しながら、先の展開を楽しみにしているのです。

「○○と△△がくっついたりしてね」とか「死んだとみせかけて実は生きてたりして」とか、先の展開を予想しながら脚立を運んだり、ピントを合わせたり、通行人を止めたりしてる。出演者も「私の役、この先どうなるんだろ」と言いつつ、どこか楽しそう。こんな風に待たれていることを自分が脚本を担当する時、ちょっと思い出せたらいいですよね。

（2017年3月2日号）

「あれは、どういうつもりなの？」

ドラマに出てくる松たか子さんとの新婚時代の写真を観た娘のセリフ

自分の顔が嫌いだ。

ドラマ『カルテット』の6話を観た直後の率直な感想です。ごめんなさい。ストーリーが入って来なかった。改めて好きじゃないわあ、この顔。逆に言うと、それだけ出番が多かったって事なんですが。

「そんな事ないですよ、宮藤さん、私、好きですよ、宮藤さんの顔」という励ましや慰めはこの際あんまり意味ないです。謙遜ではなく所有者が「嫌い」と宣言しているのです。まあ、そういう物好きが少数でもいてくれるおかげで、何とか人前に出れるわけで、自分も嫌い、みんなも嫌いだったらもう整形しかない。高須先生に相談だ。その前に、好きになれないこの顔と、この先どう付き合って行くのか。この機会に真面目に考えてみようと思います。

歯並びについては諦めている。むしろ誇りにすら思ってる。この時代に、こんなアトランダムな歯の男がドラマに出てる。しかも松たか子さんの夫役で「愛してるけど、好きじゃない」なんて罰が当たるようなセリフを言わせてもらっている。夢があると思いませんか？　矯正するのが当たり前の芸能界で、歯並びの悪い男の役を独占したいという野望もある。マーティン・スコセッシが『沈黙』の続編を撮る時「もっと歯がガタガタなアクターはいないのか！」と言い出すかも知れない。とにかく歯はこれで良いんです。

問題は顔の筋肉の動きと、それに付随して生まれるシワによって、自分が想像もしてない表情になってしまうこと。

もともと表情で気持ちを表現しようという意志がない。悲しい場面は悲しい気持ちになれば悲しい表情になるだろうと考えていた。ところが違った。目尻が極端に下がり眉間と額に深いシワが刻まれ、なぜか下唇が突き出て、なんだろう、風刺画？　歴史の教科書で見た、年貢に苦しむ小作人。あるいは地獄絵の、蛇女に巻きつかれ悶絶している亡者の顔だ。

「今の表情、切なかったですね」と監督が言うので現場でモニターチェックするとだいたい亡者が映ってる。

「ここはシリアスな場面ですから、グッと相手を睨みつけて下さい」

やってみる。ＯＫ！　モニターチェック。右目は直角三角形、左目は二等辺三角形、そしてまた下唇が前へ前へと突き出ている。下唇を動かさないと目元に力が入らないのか。どうなってんだ俺の表情筋。喜怒哀楽の信号が脳から一旦下唇へ集まり、そこから目やら眉やらに指令を出しているのか。

「お父さん、あれは、どういうつもりなの？」

娘が訊いて来た。松さんと仲睦まじく写っている新婚時代の写真です。

「あれは、幸せだなあって思って、そういう気持ちで撮ったよ」と答えると「ふぅ〜ん」と半笑いで頷いた。

「ちょっと待って、そう見えなかった？　お父さん、どんな顔してた？」と尋ねると「こんな顔」と真似してみせたのですが、下唇を突きだし薄目を開けて眉をグイっと上げたその表情が……。

完コピじゃんか！

（２０１７年３月９日号）

#「良かったよ」

『カルテット』を観た母からの感想メール

ドラマ『カルテット』という夢の世界から現実世界に、恥ずかしながら戻って参りました。

6時に起き、妻子と朝食を摂り8時半に二度寝、10時に『じゅん散歩』を観たら家を出て、あとは喫茶店を転々としながら根気と集中力の続く限り執筆。たまに映画観たり、早く帰って娘と卓球したり、銭湯行ったりビール飲んだりという例外を除けばパソコンと向き合うだけの日々。

平和だ。

思えば20年以上ずっとこんな感じだ。関わる作品のジャンルや規模は変わったけど、俺の業務自体はせいぜいパソコンが軽くなったくらいで何も変わらない。アシスタントもゴーストもいない。仕事場を持つことに憧れた時期もあったけど、もういいや。結局やろうと思えば公園でも書けるし、調子出ない時は高級ホテルのスイートでも書けないのです。欲しいのは腰に優しい椅子と最低限の居心地と電源だけ。それでもコーヒー&ランチ代で一日2千円は出て行く。だから下積み時代の月給が5万だったという若手女優さんの暴露に対しては、まあ具体的な金額を言っちゃうダサさは置いといてシンパシーを感じました。言ってあげれば良かった。大丈夫、俺はもう20年以上、一日2千円、月6万でやってるぜ。ちゃんと納税もしてるぜ。夢の中でも領収書！　領収書！　だけど、死にたくないし出家もしないぜと。

ケチじゃない。お金の使い方が下手なんです。金のかかる趣味もないし、投資やギャンブルにも興味ない。後輩に奢《おご》るのすらスマートに出来ない。たまには俺が、と財布を出す頃、テーブルに伝票はすでになく「〇〇さん、ごちそうさまです！」の言い方だけどんどんスマートになる。

そう言えば連続ドラマを撮ってる間、殆ど財布を開かなかったな。そりゃそうだ。朝昼晩と高カロリーな弁当が出てお菓子もコーヒーも現場にある。服もどうせ現場いったら衣装に着替えるからスウェットでいいや。移動は自車だから誰にも会わないし、メイクは帰って風呂で落とせばいいや。そんなこんなで帰宅したら玄関先に財布が置いてある。え、忘れた⁉　あぶねあぶね。奇跡的にお金使わなかったから気づかなかったよ。

ちょい出の俺ですらこんな調子だから、主演俳優なんか1日500円くらいしか使ってないんじゃないでしょうか。一般的に華々しいと思われがちな芸能界ですが、そこで成功するというのは、お金を使う時間さえ無くなること。その貯まったお金を慌てて散財する様子が報道され「代官山で大人買い」「正月ハワイで豪遊」、それが芸能人の日常、という偏見がつきまとう。いや、普段は1日500円ですから、今日もフリスク買っただけですからと弁解しても信じてもらえないだろう。同情します。

字数が余ったので書きますが『カルテット』を観た母から感想メールが来ました。「良かったよ、俊（本名）にしか出来ない芝居だったよ」とのこと。嬉しいけど、すこしカチンときました。


（2017年3月23日号）

監獄のお姫さま

2017 ／ Drama

TBS系火曜ドラマ。EDOミルク（旧・江戸川乳業）のイケメン社長・板橋吾郎は息子の勇介が誘拐されたことを知る。この誘拐は女子刑務所で出会った馬場カヨ・大門洋子・勝田千夏・足立明美・若井ふたばが数年にわたり計画したもの。彼女たちの目的は6年前に吾郎の婚約者だった江戸川乳業の社長令嬢・江戸川しのぶが吾郎の愛人・横山ユキの殺害を第三者に依頼したとされる爆笑ヨーグルト姫事件の真相を明かすことだった。

出演：小泉今日子、満島ひかり、伊勢谷友介、夏帆、坂井真紀、森下愛子、菅野美穂ほか

「もうイケメンはたくさんですっ！」

公演中の打ち合わせで、疲れて早々にデキあがった僕が思わず言ったセリフ

10月からＴＢＳで連続ドラマを書きます。

『監獄のお姫さま』

今週はその成り立ちの話を。

大阪で舞台の本番をやりながらドラマ『ごめんね青春！』を書いていた２０１４年秋。プロデューサーの磯山さんと監督の金子（文紀）さんが、わざわざ脚本打ち合わせのためだけに大阪まで来て下さった。こんな事は滅多にないので、本打ちが終わって帰りの新幹線までの間、ホテル内の蕎麦屋で軽く乾杯しました。ちなみにお２人は『木更津キャッツアイ』の、いや、遡《さかのぼ》れば僕の連ドラデビュー作『親ゆび姫』のプロデューサー＆ディレクター。『ごめんね青春！』の錦戸亮くんがいかに素晴らしいか、という話題から、いつし

か昨今のイケメン俳優に対する苦言へとシフトする。

なぜイケメンはゆっくり間を取って喋るのか。

なぜイケメンはセリフの意味を質問するのか。

なぜイケメンは目に力を入れるのか。

なぜイケメンは鼻をすすり、なぜイケメンはボソボソ喋り、なぜイケメンは。

「もうイケメンはたくさんですっ！」

公演中で疲れていて、早々にデキあがった僕はよく分からない宣言をしてしまいました。

「イケメンなんかいなくても面白いドラマは書けますよぉ！」

そして大好きな女優さんの名前を立て続けに挙げて「この人たちがもし揃ったら俺、ずっと書いてられますよ！　設定は何でもいいけど、イケメンは出したくないから女子刑務所で！　女囚ものやりましょうよ！」。

とまあ、勢いで決まった企画なんですが、驚いたのは、その席で夢想したキャスティングが実現してしまっていること。そして、あれほど要らないと言い張ったイケメン枠に超プレミアムイケメンがはまってしまったこと。参った。もう後には引けないぞ。詳細は追ってお知らせします。

47歳になったせいか、たまに過去を振り返り懐かしむようになりました。前述のデビュー作『親ゆび姫』を書いたのが28歳。まだパソコンではなくワープロだったな。近所のデニーズに入り浸って、深夜はキャバクラのアフターとかちあって、うるさくて仕事にならなかった。ちなみに主演は高橋一生くんでした。

29歳で『池袋ウエストゲートパーク』を書き、3話で思い切ってパソコンを買いました。おお。プリントアウトしなくていいのか！　と興奮したのを覚えています。『木更津キャッツアイ』が31歳。改めて観返すと、若気が至りまくってて赤面するけど、あの勢いはあの時だけのものだなあ。早口で叫びまくってて1話なんかセリフが聞き取れない。2話から飛躍的にクリアになったので理由を聞いたら「録音部が頑張ってくれたんです」。なんだ、俳優がスキルアップしたわけじゃないのか。

今回は〝おばちゃん〟達が主人公。他人の話を聞かない、同時に大声で喋る、しかも早口。久々に『木更津〜』のテンポ感で脚本を書いています。楽しい。録音部さん、よろしくお願いします。


（2017年8月10日号）

「19分長いそうです」

『監獄のお姫さま』第２話の台本を送ったらプロデューサーに言われたセリフ

毎度毎度、ドラマを書くと悩まされる２つの数字。放送尺と視聴率。後者はまあ、どうにもならないと諦めてますが、前者はどうにかならんものかね。せめて１分ぐらい、まけてくれよ。

１時間枠の連続ドラマはだいたい55分で終わります。が、ＣＭを差し引くと実は46分30秒なんだそうです。Yahoo!知恵袋が教えてくれた。現在、秋から始まる『監獄のお姫さま』を書いているのですが、第２話の台本を送ったらこう言われた。

「19分長いそうです」

マジか。65分30秒も書いたってことか。

ここで誰もが抱く素朴な疑問。誰が計っているの？　答えは記録さん。スクリプターとも呼ばれます。監督の隣にいて、俳優がグラスを右手で持ったか左手で持ったか、台本通りにセリフを言ったかどうか、厳しくチェックしつつ、撮影したカットを繋ぎ合わせると何分になるかを文字通り〝記録〟するお仕事です。台本を読み、おおよその長さを計算するのも記録さんの仕事。

「5分短いそうです」

一回ぐらいそう言われてみたいもんだ。

こっちもバカじゃない。一応考えてる。台本の1ページは30文字×14行。これを1分と換算するのが昔から一般的なんです。つまり46ページ半書けばちょうど1話分になる。小学生でも分かる計算。でもそう割り切れるもんじゃない。ついアイデアを盛り込み過ぎて長くなる。大丈夫、俺のドラマは会話のテンポが命だ。

「うるせえブス」

「だまれ童貞」

といった短いセリフの応酬で構成されている。たとえ記録さんがヨボヨボの老人でも1ページ1分もかからない。つい油断して、気がつくと70ページも書いてしまう。

バカじゃないか。

若い頃はもっとバカだった気がする。特に30代前半『木更津キャッツアイ』の頃とか、台本自体が今より分厚かった。古い台本を引っ張り出して驚いた。1話平均100ページでした。

倍以上じゃねえか。

これは一体どういうことだ？　一概に俺だけがバカだとは言い切れない。みんなバカだ。記録さんも、キャストも、なんなら視聴者も。15年前は100ページの台本が、46分半に収まっていたのです。確かに見返すと異常なテンポだし早回しも多用している。だけど「宮藤さん、54分長いそうです」と言われた記憶はない。15年前の方が展開がスピーディで情報量も多かったのか？　時代とともにスピードも加速しそうなものだが、ドラマに限ってはそうじゃないようです。

映像表現が豊かになり、かつては1分で表現できたものに2分、3分と時間を費やすほうが効果的で、なおかつ視聴者の感覚にも合っているのかも知れません。その証拠に映画の場合、旧作のリメイクはだいたい尺が伸びている。黒澤明監督の名作『椿三十郎』。オリジナル版は96分だが、森田芳光監督が後年リメイクしたものは119分。

と、巨匠の名前を出して言い訳しても長いものは長い。カットしなくちゃ。

（2017年8月17・24日号）

「オレンジ・イズ・ニュー・ブラックだね」

ドラマの詳細が発表になった時に、複数の人がニヤリと笑って言ったセリフ

『監獄のお姫さま』の詳細が発表になったら複数の人がニヤリと笑ってこう仰いました。はい。ニヤリと笑い返す。もちろん知ってます。女子刑務所を舞台にした、人気の海外ドラマですよね。でも観てない。影響を受けたくないから、というのは建前で、Netflixに加入しなきゃ観れないというので二の足踏んでいたのです。あ、ちなみに『女囚セブン』は地上波なのでチラ見しました。でもネットはなあ。1年前『ブレイキング・バッド』目当てでHuluに加入したけど、果たして月々の支払いに見合うだけ視聴できているのか、甚《はなは》だ疑わしいんだよな。結局、観たい映画は映画館で観ちゃうし、地上波の連続ドラマすらおぼつかないのに海外のドラマ観るか？　正直、本気でハマったのって『ツイン・ピークス』だけで、あとは流行りに乗ってシーズン1だけ追いかけるけど、結局『相棒』の再

放送観ちゃうんだよなあ。

ただまあ、観てもないのにパクリ疑惑が発生しても困るし今さらながらNetflixに加入して視聴した。

すんげえ面白い。

まいった。もっと早く観ておけば良かった。いや、観てたらへコんで書けなかったかも。

まず、シャワーシーンで主人公がいきなりおっぱい出してる。女囚ものには欠かせないレズビアンの描写も突き抜けてる。うっかりレズに走り、うっかり麻薬の売買に手を染め収監された主人公。日本人にはなかなか感情移入しにくい。人種差別の実態も遠慮なくきっちり描いている。定番の新人いじめも容赦ない。朝食のマフィンに生理用品はさんで出すのが1話ですよ。なに？　ネット配信のドラマって規制ゼロなの？　いくらスポンサーへの配慮が不要とはいえ自由すぎやしないか？　劇場公開作なら確実にR－15レベルだ。

これじゃ映画もドラマも勝ち目ないじゃないか。

すいません。シーズン5まで放送されてる人気ドラマ、なに今更そんな浅いとこで騒いでんの？　と笑われるんだろうな。でも、まずこの浅瀬の驚きを昇華しないと先に進めない。今ようやく5話観てます。教会でのレズシーン、壮絶過ぎて笑っちゃいます。

何がカッコいいって、タブーを突破する事に対する〝ドヤ感〟が全く感じられない。「ネット配信だから好き勝手やろうぜ！」というノリではなく、まず良い企画、面白いシナリオがあって、その世界を忠実に具現化するためには過激な表現もやむなし、という姿勢なのです。同性愛？　あるでしょ、刑務所ですよ？　差別もイジメも宗教問題も然り。規制がないから面白いのではなく、面白いから規制しないという気概。民放でも公共放送でも『規制があるのに面白い』ものを目指して来ましたが、ここ数年の底無しコンプライアンス地獄、ＳＮＳの書き込みすら気にするのが当たり前な風潮に時々ギャアー！　って叫びたくなる。ああ、俺に勇気と英語力があれば、ネット配信の海外ドラマ書いてみたいんだけどな。スピードラーニングでもやるか。

（２０１７年９月７日号）

「筆がすべりました」

台本の打ち合わせでツッコまれた時に言うセリフ

今日は台本の書き直しについて。「せっかく書いた台本を直せと言われてムカつきませんか?」

原稿用紙にボールペンで書いてた時代ならともかく、パソコンにはコピー&ペーストという便利な機能があるので、物理的には全く苦にならない。だから直せと言われてムカつくとしたら、それはプライドの問題。絶対に直さない大御所もいると聞きます。

直せだと⁉ 俺が血を吐きながら精魂込めて書いた玉稿を。おのれプロデューサー、入社何年目だ! 代表作は! 視聴率は! ……うーむ、おみそれしました。

となるのが嫌なので、あんまり精魂込めずに書くようにしてます。手を抜くという意味では決してない。初稿はプライドを捨て、勢いに任せて書き殴り、あえて読み返さず送信。

「これはさすがに伝わりませんよ」

「ここ、しつこいな」

「『タイガー&ドラゴン』で全く同じギャグありませんでした?」

そんなツッコミを密かに期待している。

「すいません、筆がすべりました」

というやり取りを2稿、3稿と繰り返す中で精度が上がり、適度に客観的になり、誰もが納得の決定稿ができる。それが理想です。

ここ数年「直して下さい」と言われる機会がめっきり減りました。

それだけ初稿の完成度が高いのであれば問題はないのですが、いかんせん自己評価が低いのでつい疑心暗鬼になってしまう。気ぃ遣ってんじゃないかと。年齢的に中堅だと思ってたら、見渡せば年下のスタッフばかり。ねえ本当? 直して欲しいけど言いづらいだけじゃないの? 言っていいんだよ。ほらここのギャグ軽くスベってない? ここ、セリフ生ぬるくない? ここ、女性蔑視じゃない? 自分で自分のボケを自己申告。だったら書かなきゃいいのに。

厄介なのは、直せば必ずしも良くなるわけではないという点。直せば直すほど角が取れて丸くなり個性は失われて行く。やがて何のために直しているのか見失い、直すことが目的になる。

「そもそも主人公に感情移入できないんですよ」

こんな漠然としたことを言う人が出て来たら危険信号です。

「主人公が何を学んで、どう成長したか、分かりづらいんですよね」

いやいや（笑）。そんな大層なドラマはよそでやってください。

「視聴者が見たいのは主人公の成長、それがないと終われないでしょ」

おいおい（笑）。あんたが打ち合わせ終わらせたいだけじゃないの？

「ギャグで混ぜっ返さず、笑い少なめ泣き多めで、直しお願いしまぁす」

ラーメン屋じゃねえぞ！　こんな時、大御所のように「一字一句変えてくれるな」と言いたい気持ちが分かる。

おかげさまで10月から始まる『監獄のお姫さま』は初稿の輝きを失わない程度に直しながら前に進んでいます。大御所でも若手でもなく、気持ち良く中堅でいさせてくれるスタッフ＆キャストに感謝です。


（２０１７年9月28日号）

「会えなぐナるガもジレナイのっ」

馬場カヨ（小泉今日子）が高校生の息子に涙ながらに別れを告げるセリフ

今月も半引きこもり生活につき、慢性的に書くことがない。

『監獄のお姫さま』の放送が火曜日。文春の発売が木曜日。てことは？　2日前の放送からセリフをチョイスできるじゃないか！　というわけで、当面これでしのいでいいですか？

基本、完成した台本は読み返さない。際限なく書き直したくなるからです。ただ今回はそうも言ってられない。

２０１７年12月24日、クリスマスイブ。おばちゃん軍団が伊勢谷友介さん扮するイケメン社長を拉致する。それが第１話。６年前の殺人事件で濡れ衣を着せられ、現在も収監されている姫（夏帆さん）の冤罪《えんざい》を晴らす、それがおばちゃん軍団の目的。彼女たちは同じ女子刑務所に服役していた過去を持つ。それぞれのエピソードが第2話から明かされて行く。

　これをイケメン社長の視点で説明すると「なんか知らないおばちゃんに監禁されて、刑務所での話を延々聞かされる悪夢のような一夜」のお話。

　つまり伊勢谷さんは全10話の間、ずっと拘束された状態なのです。ドラマの中では数時間しか経ってない。でも実際は数ヶ月間椅子に縛られっ放し。2度ほど現場見学に行きましたが「本番！」と声がかかると縄で縛られガムテープで口を塞《ふさ》がれるので不憫でならない。初の民放連続ドラマだそうですがトラウマになるんじゃない？　せめて空き時間は手足を伸ばして思う存分お喋りして下さい。

　話がそれましたが一晩を1話から10話までかけて描くので、あれ？　あの人どこに居たっけ？　座ってた？　立ってた？　など確認の意味で台本を読み返す。

　第1話。誘拐計画を決行する前に馬場カヨ（小泉今日子さん）が離れて暮らす高校生の息子に別れを告げる場面。

「母さんね、またしばらく会えなくなるかもしれないの」

　正確に書くとこうです。ただ、彼女には前科があり、罪を犯すこと、償うことの意味を身にしみて理解している。そのことをセリフのニュアンスで伝える為に、急に感極まり涙声になって欲しい。でもそれは演出＝監督の範疇《はんちゅう》で台本に『泣く』『感極まる』と書くのは監督にも役者さんにも失礼だよな。演者として『泣く』と書かれて泣けなかった経験を何度もしている身としてはト書きで演技を誘導したくはない。涙声のセリフを文字で表現できないものか、悩んだ末、こう書きました。

「しばらく会えなぐナるガもジレナイのっ」

穏やかに喋り出し、濁点とカタカナが混じったあたりで突然感極まって欲しい。伝わるか。一か八かでしたがさすが小泉さん、絶妙な間で極まってくれました。

あ、そう言えば〝馬場カヨ〟という役名、漫画家のばばかよさんと同じじゃねえか、と指摘されました。うっかりしました。ただ、これ以上呼び捨てにして気持ちいい名前は他に思いつかないので拝借します。この秋、火曜10時に頻繁に呼び捨てにされると思いますが悪気はありません。

（２０１７年10月26日号）

「財テクブスっ！」

経済アナリスト、勝田千夏（菅野美穂）をディスる馬場カヨのセリフ

『監獄のお姫さま』から厳選したセリフを、作者自ら解説しています。

第1話は2017年のクリスマスイブのお話。伊勢谷友介くん扮するイケメン社長がおばさん達に拉致されるのがクライマックスでした。あえて起承転結の〝結〟を1話に持って来ました。

そして〝起〟にあたる2話は2011年秋、おばさん達が刑務所で出会う場面から始まる。

1話の6年前の出来事が2話。だったら試しに2話から書いてみようかなと考えました。とりあえず1話を観て、今後も続けて観るかどうか決めるという視聴者が少なくないようです。そのため必然的に1話は力が入る。特に俺のドラマは設定が複雑だったりキャラ

クターの個性が強すぎたりするため、人物紹介と設定の説明をしてたら1話終わっちゃう。「なぁんか今いち」という声に「2話から面白くなるのにぃ〜」と歯ぎしりし続けて約18年。だったら2話から書けば良くない？　という思いつきで、1話のつもりで2話を書き、2話のつもりで1話を書いた。この斬新な試み、吉と出たか凶と出たかは現時点では分かりませんが、少なくとも2話から観てもついて行けるはず。

監獄と言えば避けて通れないのが、牢名主による陰湿な新人イジメ。女囚ものを書いといてこれをやらないなんて、ラーメン二郎に入って背脂抜きを注文するようなもの。たまたま現場にお邪魔した際、そのシーンの撮影に出くわしました。

「だまれ銀行女！」

「財テクブス！」

怒号がセットに響き渡る。我ながらすごいセリフだ。

隣のスタジオでは『コウノドリ』の撮影が行われていて、命の誕生を祝福している。こっちはギスギスしてんなぁ。

ちなみに新人の〝銀行女〟が小泉今日子さん、牢名主の〝財テクブス〟が菅野美穂さん。贅沢すぎる刑務所だ。

ドラマの撮影はドライ、カメリハ、本番と最低3回は同じ演技を繰り返す。カメラのアングルやカット割りに凝り出すと6回、7回とテイクを重ねる事になる。俳優も温まって来て声量もテンションもぐんぐん上昇する。

「だまれ銀行女ぁ!!」

菅野さんの怒声で隣のスタジオの赤ちゃんが泣いちゃいそうだ。小泉さんも負けじとドスを効かせる。

「財テクぶーーすっ!」

「黙れ銀行女ぁーーっ!」

これ以上テンション上げたら「このハゲーーッ!」になっちゃうギリギリの線でOKが出た。

今回、念願叶ってご出演いただいた菅野美穂さん。そう言えば8年前、旧歌舞伎座で物議を醸したゾンビ歌舞伎『大江戸りびんぐでっど』を演出した際、客席でものすごく楽しそうに、ケタケタと笑われる女性客がいるなあと思ったら菅野さんでした。正直ちょっと心配になるくらい笑ってらした。あまりに印象的で、とにかく高笑いが似合う女を演じてもらいたくて、脱税で懲役《ちょうえき》を食らったのに反省しない経済アナリスト、勝田千夏というキャラクターが生まれました。

(2017年11月2日号)

「そこ！　調査とるよ！」

ペナルティを犯した受刑者に刑務官が言うセリフ

書いている今日は『監獄のお姫さま』第1話放送の翌々日（10月19日）です。毎度毎度の賛否両論、ありがとうございます。否の方も最終話までお付き合い頂きたい。否のままでいいから。

で、3話です。ようやく本題に入った感あったと思うのですが、どうですかね。

脚本を書くにあたって資料を読むだけでは不安だったので、実際の女子刑務所を見学させて頂きました。女性の場合、関東地方で罪を犯した者は、その大小に関係なく栃木刑務所に、関西は加古川か和歌山刑務所に収監されます。それぞれ特色があり、中には塀も鉄格子もない刑務所があるそうです。山口県の美祢《みね》社会復帰促進センター（名前も斬新）は、各種センサーやＩＣタグ、監視カメラ、電子錠などのハイテク技術によって管理され、従来の暗く冷たいイメージを払拭したそうです（ただし入所できるのは初犯の受刑者のみ）。

僕は栃木と岐阜県の笠松刑務所を見学しました。ドキュメントで観て知ったつもりになってましたが、モザイクの無い塀の中の世界は全くの別物。特に笠松では、そんなに見せて大丈夫ですか？　と恐縮してしまうほど隅から隅まで見学させて頂きました。

「ありのままの現実を見て頂きたい」という所長はじめ職員の皆さんの期待に応えるべく、なるべく美化せず、過剰演出もせず描きたい。とは言えフィクションの要素は入って来る。ウソを本当のように見せつつ、信じられない〝本当〟を物語に組み込む。それが現場取材の醍醐味です。

例えば所内では本来、午後の運動時間と就寝前を除いて私語は厳禁。でも喋らないとドラマが進展しない。そこで〝架空の刑務所のローカルルール〟として、３度の食事中は喋って良しとさせて頂きました。「いただきます！」と同時に雑談が始まる様子は妙にリアルですが、実際は食事中の私語も「調査！」となります。

「そこ！　調査とるよ！」

受刑者がペナルティを犯すと懲罰審査会にかけられ、軽いと減点、重いと懲罰房へ送られる。転じて規則違反そのものを「調査」と呼ぶそうです。

逆に、それはウソだろうという描写が実際は本当だったりする。３話で菅野美穂さん扮するエリート受刑者の勝田千夏がハンバーガーを食べる場面。刑務所には優遇措置という制度があり、受刑者は生活態度や勤労成績を細かくチェックされ、1類から5類の階級に分けられる。5類の受刑者は面会が月2回までなのに対し2類は月5回。1類はなんと月1回別室に集められシャバの御飯が食べられるんだそうです。今月はホカ弁、来月はマクドナルドとか、指定された店のメニューの中から千円以内で食べて良し。代金はもちろん工場で働いた給金の中から各自支払います。刑務所といえば〝臭い飯〟のイメージですが、優遇措置で月1回ハンバーガーを食べられる。それをモチベーションに日々の労働に従事しているんだそうです。

（2017年11月9日号）

「なんやて!?」

宮藤組の常連・森下愛子さん扮する「姐御」の、ドスの利いた決めゼリフ

6月下旬、笠松刑務所を視察に行った帰り、品川駅からタクシーで渋谷クラブクアトロへ向かいました。エンケンこと遠藤賢司さんのソロライブを観るためです。「新曲を作ったのでアルバムを出します！」と宣言してアンコールで歌った曲のタイトルが『GOD SAVE THE BAKATIN（ばかちん）』。とてつもなくパワフルで、齢70にしてこんな底抜けに明るい歌を作れるんだから大丈夫だろうと楽屋へは寄らず、メールで挨拶を済ませてしまったのが悔やまれます。はあ。不滅の男だと思ってたので心の準備ができてませんでした。でもな、『TOO YOUNG TO DIE!』という映画によると、カッコいい人は地獄に落ちるらしいから、俺もカッコ良く天寿を全うすればいずれ会える。エンケンさんは『あまちゃん』が大好きで『監獄のお姫さま』も楽しみにしてくれてたので地獄で

ＤＶＤ渡します。

さて、第４話。強烈なネタバレが改行後に来るのでオンエア未見の方はここでストップ！

ついに夏帆さん扮する〝姫〟の秘密が明かされました。なんと彼女は伊勢谷友介くん扮する〝ゲス社長〟の子供を身籠もっていたのです。

これも取材の賜物で、女子刑務所には育児室があります。逮捕された妊婦が服役中に出産するケースに備えているのです。１歳半まで所内で子育てすることが法律で認められている。

が、実際は一時外出の許可を得て外の病院で出産し、その後は親族もしくは養護施設に引き取ってもらうのが大半で、新生児が女囚と共に暮らすことはない。栃木刑務所の育児室はかれこれ10年以上使ってないそうです。

「やはり生まれて来る赤ちゃんの出生地が〝刑務所〟というのは、一生の問題ですからね」

うーん、なんとも切ない。果たして〝姫〟はどんな決断をするのか。言いたいけど言えない。５話をお楽しみに。

さて４話では森下愛子さん扮する〝姐御〟の過去も明かされました。彼女もまた夫である組長に騙されて収監されていたのです。

森下さんと言えば『池袋ウエストゲートパーク』の母ちゃん役以降、ＴＢＳで連続ドラマを書く時は必ず出て頂いております。あんまりしつこいと申し訳ないから「今回はやめておきましょう」と言って始まった『流星の絆』にも気づいたら出てた。『うぬぼれ刑事』では筆談ママという難役を演じて下さった。

常連だからお互い心得ていると思われがちですが、実は現場へ行くといちばん戸惑っているのが森下さんで、今回の役についても「ハワイに孫がいるなんて聞いてなぁい」と困惑してらっしゃいました。

「どうしてたまに関西弁になるのかしら」

「うーん、なんででしょうね、姐御のスイッチが入るんですかね」

「わかんなーい」

と言いながら本番では「なんやて⁉」とドスを利かせて下さる。今後も森下さんが困惑するようなドラマを書き続けようと思います。

（２０１７年11月16日号）

「泉ピン子のドラマと違うって思ったでしょ」

坂井真紀さん扮する「女優」が馬場カヨに言うセリフ

日本シリーズ延長のため『監獄のお姫さま』3話の放送が1時間半も遅れ、生まれて初めて自分の作品で寝落ちという失態を犯してしまった。目を覚ましたら菅野美穂さんが全力で『天城越え』歌ってた。0時過ぎでした。幸いHDレコーダーや見逃し配信、ダイジェスト再放送などありますので、ついて来たい人はついて来ている、という前提で進めちゃいます。

どうも昨今のドラマ視聴者は深読みが好きで、あらゆるものに深い意味があると思いたい、あればあるほど嬉しいみたいですね。でも作家の心理はむしろ逆。意味がなければないほど良いと思っています。

その最たるものが役名。なるべく意味のないものを、閃きだけを頼りに選択する。意味がある名前は〝狙ってる〟感じが鼻について愛着が持てないのです。

1話で誘拐される男の子の名前。何でも良かった。誘拐だから勇介（ゆうかい）とか？てなもんで、この時点で父親が伊勢谷友介（ゆうすけ）さんである事すら全く気にしてなかった。

「ゆうすけ！」

友介が勇介を呼ぶ。さぞかしやりづらかったと思います。本当に申し訳なかった。

姫（夏帆さん）が獄中出産するという設定は決まってたのですが、てことは獄中で命名するシーンが必要だという事まで頭が回らなかった。参ったな。勇介。意味があるべきなのに意味がないぞ。誘拐（ゆうかい）は使えない。だって誘拐されるのはずっと後だから。考えに考えて絞り出したのが「皆さんの勇気と介抱のおかげで」生まれた子だから『勇介』。〝勇〟気と〝介〟抱で勇介か。うーん。後から考えたにしては悪くないけど正直60点かなあ。でも時間切れで入稿。これからはもうちょっと先のこと考えて書こう、と反省しながらスタジオをちょろっと見学。たまたま2話の、坂井真紀さん扮する〝女優〟が馬場カヨ（小泉今日子さん）の世話を焼くシーンを撮ってました。

「泉ピン子のドラマと違うって思ったでしょ」

女囚ドラマの金字塔『女子刑務所東三号棟』の話です。だいたいピン子さんが新入りの女囚の世話を焼いて「あの、お節介ババア」とか陰口叩かれるんだよな。

んん⁉

スタジオからの帰り道、運転しながらハッとした。『介抱』より『お節介』の方がぜんぜんこのドラマにフィットするじゃんか。『勇気』と『お節介』にすれば良かった！　あー悔しい！　いや、厳密には間に合う。まだ撮影してないから。でも台本は『介抱』で刷ってしまっている。ここで変えると、役者さんに「あいつ後で考えたな」とバレてしまう。プライドを取るかドラマのクオリティを取るか。迷わず後者だ！　と車を駐め、メールで「『お節介』に変えていいですか？」と伝えました。

勇気とお節介。もし先に考えていたら〝狙いすぎ〟でアウトだったな。介抱を経てのお節介。このミラクルを生んでくれたピン子さんにマジ感謝です。

（２０１７年11月23日号）

「心が角刈りになっちゃうよ」

満島ひかりさん扮する刑務官の「先生」の口を突いて出たセリフ

「ティーバーの見逃し配信、また1位だよ」

娘はそう言いながら『陸王』を見始めました。なんで見逃すんだろう。オンエアで観ればいいのに。止めたり巻き戻したりできないからかな。この連載は、そんな見逃し族はお構いなしに2日前に放送されたドラマのセリフをガンガン取りあげますよ。

『監獄のお姫さま』第6話は姫（夏帆さん）の子供が社長に連れ去られた後の〝ロスの回〟でした。刑務官の先生（満島ひかりさん）も、芽生えた母性のやり場に困り、口を突いて出たセリフが今回のタイトル。

刑務所で受刑者は資格を取得する事ができます。ボイラー技士、介護士、ネイリスト。社会復帰する時に資格を持っていた方が再就職に有利だから。特に難関と言われるのが美容師の国家資格。取得に2年かかるので長期刑の人じゃないと無理なんだそうです。だから殺人罪の姫や殺人未遂の馬場カヨ（小泉今日子さん）は美容教室に通います。

国家試験に合格した。でも刑期はまだ残ってる。そんな時はどうするの？　女子刑務所内には受刑者が働ける美容院があり、受刑者はもちろん、所外の人も散髪してもらえるんです。これ、地味に驚きました。実際、見学させて頂きましたが、所内の、通りに面した一角にその美容院は建っていました。一般のお客さんは、ごく普通の美容院に入るような感覚で来店する。しかしそこは刑務所の中。担当する美容師は服役中の受刑者です。当然ながら鉄格子も腰縄もない。刑務官が監視しているとはいえ、なんかドキドキします。逃げようと思えば逃げられんじゃねえの？「あ、お客さん、おつり！」なんつって追いかけるふりして逃げちゃうんじゃねえの？　でも、2年もかけて猛勉強して国家資格を取得したら、そんな危ない橋渡らないんでしょうね。ちなみに料金は「民間を圧迫しない程度」に安く設定されており、給与は出所時に作業報奨金として受け取るんだそうです。

美容教室の教官でもある〝先生〟こと満島さんとは3年前の『ごめんね青春！』で初めて仕事させて頂きました。その打ち上げで酔っ払って僕が「満島さん、次は看守役です、おばさん達を番号で呼んで、怒鳴りつける役です」と言ったようです。今年の冬『カルテット』で共演した際「あれ、どうなりました？」と訊かれ「はい、10月からやりますよ」

と答えたら、一瞬真顔になって「え、本当にやるんですか⁉」と笑ってました。

「69番！　何か言いたいのは分かるけど何が言いたいのか分かんないのよ、おばさんは、愚鈍！」

歯切れの良いセリフ回しは圧巻でした。ちなみに69番は小泉さん。実際には番号で呼ぶ事はほとんど無いそうですが、女囚が刑務官を名前で呼ぶことも殆どなく、みな「先生」と呼ばれているようです。過度の感情移入、いわゆる「情がうつる」ことを避けるためなんでしょうか。

「これからは時々、女出していくから。でないと……心が角刈りになっちゃうよ」

〝先生〟がどう変化して行くかも、後半の見どころです。


（2017年11月30日号）

#「私、女優よ」

坂井真紀さん扮する「女優」の明るい決めゼリフ

『監獄のお姫さま』無事脱稿しました。

一昨日7話が放送されたばかりですが、一足先に仮釈放です。

今回は珍しく行き当たりばったりではなく、ある程度の構成が決まってたので、早くしないと忘れちゃう！　という焦りから猛スピードで書いた。早すぎる！　冷静に！　と、もう一人の自分がブレーキをかけようとしましたが「いや、面白いドラマは早く書ける！」という、18年守り続けて来たポリシーを今回も貫きました。ひとえに素晴らしいキャストさん、スタッフさん、無償で電源を供給して下さるスターバックスコーヒーさん、ガストさんのおかげです。

脱稿ついでにネットのニュースを一時解禁、的外れな批評、浅い深読みにムカッとくるエネルギーがまだ残っている事を確認して、銭湯入ってサッパリして、さあ次だ次！　と気合いを入れ直しました。

7話は坂井真紀さん扮する〝女優〟さんの過去と出所後の生活が語られました。そうです、女優さんは明るいメンヘラおばさんだったんです。

登場人物の罪状を決める時、ちょっと悩んだのを思い出しました。実際の女子刑務所は覚醒剤と窃盗《せっとう》が3分の2を占めるのです。それがリアル。でもなあ。姫の冤罪を晴らす仲間が窃盗と覚醒剤では偏り過ぎてバランス悪くないか？　覚醒剤やった事ないからリアルな心理描写できないし。もちろん殺人未遂も未経験だけど、共感できる理由（動機）なら描けるかも知れない。覚醒剤も〝使用〟じゃなくて〝所持〟ならセーフか？　濡れ衣だったら。あと意外と重い脱税。というわけで、小泉今日子さん、森下愛子さん、菅野美穂さん、それぞれの罪状が決まりました。

あと一枠、どうしても入れたかったのがストーカーと詐欺。好きな男を追いかけるために好きじゃない男を騙す。冷静なのか情熱的なのか分からない、男には理解不能な、女性ならではの犯罪です。詐欺の被害者とストーカーの被害者、どっちが辛いだろう。後者だな。

ちょうど台本を書き始めた頃、60代の女性が日本で詐欺を働き、そのお金をタイ人ホストに貢いでいたという事件が報道されました。

彼女は自らを30代の〝エリコ〟と偽り、タイの恋人に庭付きの大邸宅を買い与えていました。拘束の瞬間、肩の出たフリフリのアイドルみたいな服を着て、タイのお巡りさんに囲まれ「ちょっと待ってよぅ」とでも言いたげな表情で誰かに電話をかける姿。妙に記憶に残っています。化けの皮が剝がれると同時に自らも夢から覚め、今何が起こってるのか理解できない様子。

多分、彼女はフィクションの住人で、自分が悪い事をしたという認識もなかったんでしょうね。異国の地でエリコという理想の女を演じていただけよ、私、女優よ、という吹き出しが頭に浮かび、そのまま役の設定に結びついた。坂井真紀さんの軽やかな演技と佇まいのおかげで、だいぶポップなエピソードに昇華されていましたが、冷静に考えると、なかなか重たいテーマが隠されていたのです。

（２０１７年12月7日号）

「もう、こんな所に来るんじゃないよ」

ドラマの看守の定番セリフ

『監獄のお姫さま』８話はタランティーノへの一方的なオマージュからスタートしました。社長がガレージで椅子に縛りつけられている時点で、これはもう『レザボア・ドッグス』やらない手は無いんだけど、すぐやると、また得意の「分かるヤツだけ分かればいい」かよとソッポ向かれちゃうので８話まで我慢しました。一応気は使ってるんです。

振付は八反田リコさん、という名のうちの奥さん。ざんげ体操第二もそう。よく「ご夫婦だと自宅で打ち合わせが出来てラクですね」と言われますが、いやいや、それは監督の仕事で、脚本家はダンスの振付にまで口出しはしない。今回も「マドンナの『ライク・ア・ヴァージン』に合わせて菅野美穂さんがテキトーに踊り出すシーン思いついたんだけど書いていいい？」と確認したわけではなく、台本を読んだ監督やプロデューサーが面白がってくれて、正式に奥さんに連絡が来てバイク便で台本が送られて来るという真っ当なシステム。一回局を通してるんです。ただ脚本には「レザボア・ドッグス」「パルプ・フィクション」「野球拳」とキーワードはあるので、子供を学校へ送り出してから、

「例えばこんな感じ?」

「もっと野球拳」

「え、どれくらい?」

「あうと! せーふ! よよいのよいっ♪ らいくぁば〜〜じん……とか?」

「なるほど」

と打ち合わせ風な雑談を交わすことはあります。

後半は馬場カヨ(小泉今日子さん)の出所までの流れが描かれます。

女囚ドラマを書くにあたり「ここは忠実に描きたい」とこだわった部分が幾つかあって、そのうちの1つが「準備寮」。仮釈放の決まった受刑者を隔離し、社会生活に適応する教育をするための部屋です。

なぜ隔離するのか。シャバの知り合いに伝言を頼んだり、連絡先を交換したり、馬場カヨのように出所後に良からぬ企てに仲間を誘ったりするのを避けるためです。仮出所を当日伝えるのもおそらく同じ理由。もちろん仮釈申請を出しているので本人は「そろそろだ

な」と感じているでしょうが、海外ドラマのように出所祝いのパーティーなんかは日本じゃ出来ません。看守の定番のセリフ「もう、こんな所に来るんじゃないよ」も、実際は言うタイミングないようです。

準備寮の室内は6畳くらいのＴｈｅ和室。場所も門の近くにあり、もうすぐシャバ感に満ちています。ここでの教育期間は2週間。実際は教育ビデオを見て感想文を書き、刑務所生活に関するアンケートに答えるだけなんだそうです。まれに「○○刑務官にセクハラされました」などの告発もあるようです。本当の意味での更生や社会復帰を目指すなら、もっと色々教えるべきじゃない？　スマホの使い方、Googleの使い方、ポケモンの探し方、最新の炊飯器や掃除機の使い方、味噌汁の作り方を思い出すとか。というわけで、ここは創作にさせて頂きました。〝先生〟との別れ。学園ドラマにおける卒業式のような切ないシーンに……なってましたかね？

（２０１７年12月14日号）

「いつから私のこと
そう思ってたんですか？」

「姫」につけた新しいあだ名を知った夏帆ちゃんが俺に言ったセリフ

「監獄、録ったけど観れてないから、文春の連載も読めねッス」

思わぬ弊害が出てます。第9話をこれから観る人は速やかに次のページへ移動して下さい。もう観た人、意地でも観ない人だけ読んで下さいね。

劇中で登場人物にヘンなあだ名を付けるクセがあります。もちろん親しみをこめて。『坊っちゃん』における〝赤シャツ〟や〝狸〟みたいな感じ。キャラクターを際立たせるのが目的で、くどいようですが悪意はありません。という前提で、これまで付けたあだ名の一部を紹介します。

ぬれ煎餅（錦戸亮くん）、からくり人形（重岡大毅くん）、うるさい顔（生田斗真くん）、前髪クネ男（勝地涼くん）、小太りのウッディ・アレン（春風亭昇太師匠）。

いやいやそんなもんじゃないでしょ。もっとヒドいのあるでしょ。〝さかりのついた猫背のメスの猿〟とか〝メガネ会計ばばあ〟とか。うん、確かにある。でもヒドいこと言うのが目的じゃないし、自分の中でコンプライアンスはあるんです。まず笑えないとダメ。相手を傷つけず、なおかつ共感が得られないとダメ。自分の中で『ヒドい』を『お見事！』が凌駕《りょうが》したあだ名だけを採用しています。

今回の『監獄のお姫さま』は、そもそも〝姐御〟〝財テク〟などのコードネームで呼び合ってるから、ドイヒーネームは不要だなと思ってました。ところが9話。復讐を誓った女囚達が次々に出所し、姫だけが監獄に取り残される。姫を〝姫〟と呼んでいた仲間はもういない。てことは？　夏帆ちゃん扮する〝姫〟に新しいあだ名つけなきゃいけない。

こういうの、すんなり出るか、何日も悩んで捻り出すか、どっちかなんだよな～と、公式ホームページを開いて緑の囚人服を着た夏帆ちゃんの写真を見る。

アスパラ？

すんなり出ました。

なんかヒョロっとしてて顔が小さくて、立ち姿が緑のアスパラガスみたいだ。

「宮藤さん、いつから私のことそう思ってたんですか？」

いやいや、思ってはいない。でも、すんなり出たし、久々にジャストミートだと思ったからいきなり台本に書いちゃった。ごめんなさい。

「そうなんです」

夏帆ちゃんは、ちょっと困ったような顔でそう仰いました。

「あれ以来、鏡見ても自分がアスパラにしか見えないんです」

いやいや、それは違うよ！　夏帆ちゃんはアスパラじゃないし、万が一そうだとしても、俺アスパラ大好きだから。串焼き屋行ったら絶対アスパラベーコン頼むんだよ。だから悪意はないから！

そんな監獄のアスパラ……もとい、お姫さまも残すところ最終話のみとなりました。いつも行き当たりばったりで、予め設定したゴールに向かって連続ドラマを描いた事がなかったので、書き上げた時の心境は「これで良いんだっけ？」でしたが、皆さんの予想の斜め上を行けてるのか、乞うご期待です。


（２０１７年12月21日号）

「このドラマってミステリー？」

プロデューサー磯山晶さんの困惑したセリフ

『監獄のお姫さま』ついに一昨日、完結してしまいました。次に俺がお茶の間にドラマをお届けできるのは２０１９年の『いだてん』になるんでしょうかね。はあ。淋しい。俺自身が深刻な俺ロスです。ユーチューバーにでもなろうかな。

通常、なんとな～く最終話を意識し始めるのは６話か７話を書いている頃。しかし今回は殺人事件が絡むため、半年も前から最終話の打ち合わせをしました。何度も何度も。企画した磯山晶さんも困惑していた。

「え、このドラマってミステリー？　違うよね」

「はい、おばちゃんクライムコメディです」

謎解き脳があまり働かない僕は幾度も匙を投げかけた。

「あれ？　この前『コレでいける！』って確信したよね。なんでだっけ？」

「ごめんなさい、忘れました」

冷静に、冷静に、と言い聞かせ「もう大事なこと忘れちゃいそうだから殺害シーンだけ先に書いちゃっていいですか⁉」と、最終回のクライマックス部分だけ半年前に書いて提出しました。

謎解きのヒントは1話から画面に映っていたので、早々にバレちゃうんじゃないかとハラハラして、放送の翌日は「大丈夫ですか？　Twitterで拡散してるヤツいませんか？」と確認しました。視聴率が低かった週は「てことは、トリック見破られた率も今週は低いね！」と自分を慰めた。我慢できず数回『#監獄のお姫さま』でエゴサーチしました。

「実は姫が犯人⁉」

「満島ひかり怪しくね？」

「犯人、乙葉に確定！」

など突拍子もない呟きが散見される。ごめん、そこまで派手には裏切れなかったけど、俺にしては頑張って考えたトリック、納得して頂けましたでしょうか。最終話を書き終えた時、いつもなら吊り橋を渡り終えたような安堵と高揚感があるのですが、今回は石橋を叩いて渡るような気持ちだったので、穏やかに「うん、こういう事だよね」とパソコンを閉じました。

というわけで10週に渡ってお送りした監獄の裏話、これにて終了。通常モードに戻します。

気がつけば12月も半ば。今年は本当に平穏な一年だった。ドラマ『カルテット』出演で華々しく始まったわりには、忙し過ぎず暇過ぎず、マイペースで執筆に明け暮れた一年。夏の、周囲がみな舞台の本番中で誰にも遊んでもらえない悶々とした日々も、振り返れば懐かしい。

そして迎える２０１８年。ひたすら調べ物と執筆の年になりそうです。オリンピック関連の資料、目を通してない本がどんどん積まれてゆく仕事部屋で、背中を丸めてパソコンと向き合う毎日。やばい。運動不足になりそうなので朝のジョギングを開始しました。『陸王』でお馴染みマラソン足袋を誕生日プレゼントに頂いたので、毎朝30分ほどペタペタ走っています。人生の全てをマラソンに捧げた〝韋駄天〟金栗四《かなくりし》三《そう》さんの何万分の1でも、走る喜びを感じられたら良いのですが、今のところ疲れ以外なにも感じません。

（２０１７年12月28日号）

いだてん
〜東京オリムピック噺〜

2019 ／ Drama

NHK大河ドラマ。日本のオリンピックは、マラソンの金栗四三と
陸上短距離の三島弥彦から始まった。1912年、初参加の
ストックホルムオリンピックで金栗、三島は大惨敗したが、その後、
金栗は教職に就きながらマラソンを続け、日本にスポーツ文化を根付かせていく。
そして、田畑政治らの尽力により、念願の東京オリンピック招致を勝ち取るが、
時代は戦争へ。1964年の東京オリンピックを実現するまでの
知られざるオリンピックの歴史と激動の52年間を描く。
出演：中村勘九郎、阿部サダヲ、綾瀬はるか、生田斗真、
松尾スズキ、ビートたけしほか

「良い知らせと悪い知らせがあるの」

映画やドラマでありがちなセリフ

この号が出る頃、私はちょっとした取材のために欧州にいます。

詳細は明かせないのですが、英語も通じない国々に、そもそも英語も喋れない俺が行くなんて、もう消極的な自殺に等しいのです。

大丈夫かな。

テロとか怖い。こんなことなら真面目に新聞読んで世界情勢を正しく把握しておけばよかった。知らないから怖い。日本以外はいつ市街戦が勃発するか分からないんでしょ？ぐらいの、ザックリした認識で怖がってる。もう6割ぐらい死を意識しています。

またそういう時に限って良いことが続く。出発前の1週間、誕生日を大勢の人に祝ってもらったり、映画がヒットしたり、娘が林間学校の自炊コンテスト（ハンバーグ部門）で第三位を獲ったり。

もうこれ死の予兆なんじゃない？　そもそも地獄の映画なんか撮ったのも、なんかの巡り合わせなんじゃない？　悪い方にばかり想像力が働いてしまう。

でも、ただのネガティブ思考ではない。事前に起こりうる最悪のケースを全部出し切ることによって安心したあとは、ドイツ行ったら長靴型のグラスでビール飲みたいなとか、カフェでエスプレッソ飲みながら読書したいなとか、フィンランドまで足を伸ばして本場のサウナ入りたいなとか、妄想してはニヤニヤ。悲観と楽観が交互に襲って来るのです。

子供の頃からそうでした。グッドケースとバッドケースを二本立てで想像しては文字通り一喜一憂する子だった。キャンプファイヤーで好きな女子に告白されるか、火の粉が燃え移り山火事が起きるか。どっちも想定内でしたがどっちも起こらなかった。映画撮ったらカンヌでやんやの喝采を浴びるか、おすぎさんに「ゴミみたいな映画よ！」と絶叫されるか。

「良い知らせと悪い知らせがあるの」

映画やドラマでありがちなセリフ。だいたい7話か8話のラストで、気をもたせつつストーリーを急展開させたい時に使います。多くの場合、良し悪しは受け手（主人公）に委ねられます。

「赤ちゃんができたの」

どっちだ？　一般的には吉報。でも不倫関係だと悲報。かと言ってあからさまに悲しい顔はできないし。

「で、良い知らせは？」

「今の、良い知らせだったんだけど」

現実には良い知らせと悪い知らせが一件ずつ舞い込むことはまず無く、悪いことは重なるし、良いことばかりだと不安になるのが人間。とにかく、警戒するに越した事ないからと薦められ、外務省の海外旅行登録というのをしてみました。旅先で勃発した事件と対策をいち早くメール配信してくれるサービスなのですが、スマホで登録した途端、世界中の悪い知らせが止めどなく入って来る。

「レバノンで誘拐事件」

「チュニジアで交通規制」

「イスタンブールのクーデター未遂事件の影響」

どうやら行き先を指定せず『すべての国』の欄にチェックが入ってたみたいです。で、設定を欧州にした途端、

「ミュンヘンで若者が銃乱射、死者10名、犯人が自殺」

い、行って来まぁす！

（2016年8月11・18日号）

「メイアイヘルプユー？」

リオのオリンピックで声をかけてくるボランティアスタッフのセリフ

海外取材から無事帰って来ました。

テロに怯えた欧州、蚊と治安の悪さに震えたリオ、トランジットなのに靴下まで脱がされたセキュリティ大国アメリカ。ほぼ世界一周して成田に着いた。

あっっついっ!!

日本の夏がいちばん暑くて過ごしづらいことを痛感しています。

たまたまオリンピックの時期に訪問したリオですが、おかげでスポーツ観戦という、最も縁遠い世界に足を踏み入れることが出来ました。

生まれて初めて生で見た重量挙げ。会場に入るとステージ上に無造作にバーベルが置いてある。まだ始まってない？　でも電光掲示板のストップウォッチはカウントダウンしている。30秒を切った頃、ステージ横のカーテンがザッと開き、肩幅の広い小柄な男性選手が血走った目で現れバーベルを掴んで「ふんっ！」と肩の高さまで挙げ小休止したかと思うと「だっ！」と頭上に持ち上げる。ぴーっ！　と笛が鳴り、どんっ！　とバーベルを叩きつけて退場……の繰り返しなのです。

これは果たしてスポーツなのか？　楽しみ方が分からないまま繰り返される、ふん！　だっ！　ぴーっ！　どん！　を見守る。普段いかに実況や解説に助けられているか思い知らされた。競泳もテレビで観るより淡々とした印象。選手に関する情報がないから感情移入しづらい。国旗を見てもウルグアイかパラグアイかも分からない。じゃあつまらないのかと言われれば決してそうではなく、淡々の中にも国を背負って来た重圧や決意や歓喜や落胆が感じられ、それらをこちらが読み取り自分なりに脳内実況を加えればナマに勝るものはないわけで。特に柔道は興奮しました。むき出しの闘争本能と礼を重んじる姿勢のせめぎ合いがスリリングだった。あと五輪出場のために他国に帰化する〝猫ひろし型〟選手が多くてビックリしました。当の猫さんは、入場行進でもバッチリ目立ってましたね。

開幕前は何かと不安要素の多かったリオ五輪ですが、ご存知の通り開会式のクオリティはすこぶる高かったし、少なくとも見える部分はちゃんとしてた。まあ見えない部分は色々ありましたよ。例えばボランティアスタッフの殆どが笑っちゃうほど何も把握してないとか。しかもお国柄でしょうか、向こうから「メイアイヘルプユー？」と話しかけて来るんです。

「卓球の競技場はどこですか？」

「……アイドンノォ」

だったらメイアイヘルプユーしなければいいのに、とかね。公式グッズの販売ブースがずっとＣＬＯＳＥ状態で、どうしたの？　と聞いたら「午前中に強い風が吹いたので閉店しろと言われた」。

え？　今ぜんぜん風吹いてないけど。

「でも営業再開しろとは言われてないんでぇ」

ゆとりか、とか。総じて不慣れな夏フェスみたいな初々しい五輪でした。現地コーディネーターによると最大の暗部は不景気で「今、リオはオリンピックなんかやってる場合じゃない。いちばんの問題は大半のブラジル人がここには来れないこと」だそうです。

（２０１６年9月1日号）

「じゃあ書いちゃって下さい」

３つの脚本の企画が通って、言われたセリフ

詳細は言えないけど、３つの脚本を同時に書き始めてしまいました。

なぜこんな事になったのか。

依頼を受けてから実際に書き始めるまでには、数回の打ち合わせが必要です。人物設定、物語の展開、テーマなどを制作者や監督とすり合わせ共有するための時間。企画書を作って出資者を募ったり、上司を説得したりしている間に、僕は他の作品を書き進めている。Aを書きながらBの打ち合わせをしてたらCの依頼が来た。打ち合わせの回数はまちまちで、１年間会議やっても書き始められない大作もあれば、簡単なプロット（あらすじ）を送っただけで「特に問題ないんで、じゃあ書いちゃって下さい」となるものもある。今回たまたまＡＢＣの「じゃあ書いちゃって下さい」が重なってしまったのです。こんなの初

めてです。

山田太一先生が何かのインタビューでこんな事を仰ってました。いちばん時間をかけてこだわるのが書き出しである。そして書き上がり、改めて読んでみると、そのこだわった書き出し部分だけが不要であることに気がついてカットするんだそうです。

僕は山田先生じゃないからそんな勿体ないことはしませんが、確かに書き出しは肩に力が入るもの。それが3本同時だから今、肩が痛くて上がらないほどです。

同じ書き出しでも演劇、ドラマ、映画、ジャンルごとに力み方も違います。舞台の場合、プロローグは〝つかみ〟ですから、なるべく早く大きな笑いを取ろうと考えます。それには理由があって、一時期わざと日常的なトーンで淡々と始まる芝居が流行った。あえてつかまないという〝つかみ〟でしょうか。確かに意表つかれるけど、だったら俺は流行に逆らって最短で笑いを取ってやろうと。例えば歌舞伎座さよなら公演に書き下ろした『大江戸りびんぐでっど』は、くさや売りの場面から始まるのですが、幕が開くと、くさやに混じって巨大なイルカとトカゲの干物が並んでいる。それぞれ片岡亀蔵さんと市川染五郎さん（現・松本幸四郎さん）が扮しているのですが、幕開きと同時に爆笑というのは実に気持ち良かった。

映画はまだ馴れてないせいかファーストカットをどうするか考え過ぎて眠れなくなる。ノーモア映画泥棒からの配給会社のロゴマーク、その後は監督の好きにしていいんだと思うと、あれもやりたい、これもやりたいと策に溺れてしまう。

テレビドラマの書き出しはもっとも難しいです。作品に対する所信表明の意味もある反面、意識し過ぎて奇をてらったらチャンネル変えられてしまう。視聴者は残酷です。書いては捨て書いては捨てを繰り返し、大人の意見を取り入れて、結局無難な始まり方になってしまうことも多い。２年後の大河を無難に始めるか、それとも自分らしく大胆に攻めるか。悩ましいところですが、その前に図らずもスタートラインに並んじゃった３本を片付けないと。来年は殆ど人目に触れず、ひたすらデスクワークの一年になりそうですが、たぶん元気にやってますんで、お構いなく。

（２０１６年12月29日号）

「ヒマです」

久しぶりに会った人からの「忙しい？」という質問への最近の答え

『いだてん』ばっかり書いてます。

内容には決して触れないので、少しだけ愚痴らせて下さい。久しぶりに会った人の「忙しい？」という問いに、これまでは「そうでもないです」と謙遜して来た。しかし、最近はこう返すことが増えた。

「ヒマです」

だって『いだてん』しかやってないもの。

「ああ、『いだてん』で忙しいんだ」

「いえ『いだてん』でヒマなんです」

『いだてん』を書くための時間に『いだてん』を書いてるんだから何も間違ってない。でも、客観的に観たらどうなんだ？　おっさんが朝7時に起きて軽く運動し、風呂入ってパソコン抱えて家を出て、ファミレスとカフェを渡り歩きながら7時過ぎまで仕事して、たまにサウナ行ったり映画観たりして、夜はビール飲みながら資料読んだりＤＶＤ観たりしてる。そんな生活をここ1年ずっと続けてる。これで良いのか？

最近のサラリーマンは会社に自分のデスクが無いと聞きます。

「パソコン一台あれば仕事はどこでもできるし、何しろ残業を減らせって言われるから」

朝は一応出社するけど、一旦出たら戻らない。得意先回りを幾つかこなし、空いた時間にカフェでパソコン開いてメールチェックと明日の会議の書類を作成、たまにサウナ行ったり映画観たりして夜はビール飲みながら……。

俺とほぼ一緒じゃないか。働き方改革によって世のサラリーマンが俺化している。あるいは『いだてん』に専念する事によって俺がサラリーマン化しているのか？　そう言えば朝一発目に行くコーヒーショップでは、ほぼ座る席も決まっていて、よく見たら周囲も毎朝ほぼ同じ顔ぶれで、逆に俺だけスウェットにサンダル履きなのが恥ずかしいくらいだ。

「仕事場とか、持ったらどうですか」

よく言われるし、実際『いだてん』が始まった時は持ち歩く関連資料の多さに閉口し、ついに仕事場借りる時かと真剣に考えた。しかし最近は資料もデータ化が進み、重い本を持ち歩く必要は無くなった。それより〝仕事場〟という密閉空間の息苦しさ。孤独に負けてしまう。やはり適度に雑音のある場所で、適度に視線を感じながら書くのが良い。意外と頑張ってるとこ見て欲しいタイプなんだな。

こないだ某バーガーショップで5、6人の〝中1の娘を持つ母〟の群れに遭遇した。中1の娘を持つ父としては『いだてん』どころじゃない。

「スマホを持たせたら部屋から出て来なくなった」

「帰って来るなりベッドに直行で、ご飯の時も降りて来ないの」

「うちはｉＰｏｄタッチを使わせてる」

「うちはガラケー」

「ＬＩＮＥできちゃうでしょ」

「できるけど、リアルタイムでは会話できないから、そこまでハマらない」

「ていうか、クドカンさんですよね」

「あ、すいません。うちはまだキッズ携帯で」

「それは娘さん、かわいそう！」

（２０１８年4月12日号）

母親から突然来たメール

「アベサダに会えなかった〜(涙)」

『いだてん』の撮影が始まったそうです。ネットのニュースで知りました。

もちろん知らされてはいたのです。4月から熊本ロケですよと。ただ熊本のシーンは1年前に書いたので今はリアリティがない。しかも放送は1年後。改めて大河ドラマのスケール感に驚かされます。これを毎年、誰かがやって来たわけですね。

画像もアップされていた。金栗四三《かなくりしそう》役の中村勘九郎さん。丸坊主で真っ黒に日焼けし、袴の裾を端折って凛々しい姿。ヒロイン役の綾瀬はるかさんは袴姿の女学生。兄役の中村獅童さんは背広に七三分け。友人役の勝地涼くんは天然パーマ風。

そうか。『いだてん』は大河ドラマでありながら、ちょんまげの人が出て来ないんだ。改めて違和感。明治時代を描く大河って、こういう事なんだ。

『水戸黄門』や『暴れん坊将軍』なき今、連続ドラマとして時代劇が観られるのってほんと少ないんですね。てことは、来年2019年、日本人は深刻なちょんまげ不足に陥るわけです。いいんですかね。もう一人の主人公、阿部サダヲくん扮する田畑政治《たばたまさじ》なんて基本スーツだもんな。なんか申し訳ない。お詫びの意味で、せめて俺がちょんまげになろうかな。

「アベサダに会えなかった～(涙)」

突然、母親からそんなメールが来た。それが阿部定じゃなくて阿部サダヲであることはすぐ分かったけど、どういうこと?

その後、阿部くん本人からのメールで全容が把握できた。どうやら阿部くん、東北旅行のついでに実家の文房具店を訪ねてくれたらしいのです。ところが、あいにく母は出かけており、姉が接客したと。数分後、行き違いで帰宅した母は姉から「ついさっき阿部サダヲさんが来て、買い物してってくれたのよ」と聞かされ激しく落ち込み、悔し紛れにメールをくれたのです。

「お礼状書くのでアベサダの住所教えて～」

大丈夫だ母ちゃん。いずれまた会える。だから頼む母ちゃん。メールとはいえ「ヲ」は付けてくれ。親しき仲にも礼儀ありだぞ。

『いだてん』はクランクインしましたが、僕は東京で性懲りもなくバンド活動です。久々のグループ魂。9月に数年ぶりにワンマンライブを、東京と大阪で敢行します。来年は『いだてん』なので活動するとしたら今年しかない。

先日、久しぶりにリハーサルでメンバーに会ったのですが、改めて見ると頭髪と面構えだけはすっかりベテラン級。ワンマンで時間もたっぷりあるし「最近あんまりやってない曲を演ろう」と言うと、歌詞を全く思い出せないボーカル陣。慌ててスマホを取り出し「グループ魂・歌詞」で検索。幸い見つかったようなのですが、その文字の小ささと老眼の進行具合でなかなかピントが合わず、スマホを顔に近づけたり遠ざけたりしてる間に曲が終わっちゃうという、悲しいオッサンパンクあるある。拡大しようとするんだけど指先が乾燥してるからうまく行かない。助けて下さい。9月5日、豊洲ピットでワンマンライブです。

（2018年4月26日号）

あとがき

「文春のやつ、まとめて読みたいんですけど、次いつ出るんですか？」

そんな貴重で稀少な声に応えて3冊目です。今回は主に『あまちゃん』以降の仕事の話を、作品ごとに章立ててまとめました。

2冊目から約5年。改めて読み返してみると、本当に変わり映えしない、平凡な日常を送っている。一生を左右するほどの重大事もなく、衝撃的なオマエとの出会いもなく、テキーラみたいなキスもない5年間。

気がついたら、48歳になっていました。

48歳、おじさんでもお兄さんでもお父さんでもある年齢。

48歳、朝6時に起きて、5キロ走って、10時間ほど働いて11時に寝る。

48歳、まだバンドをやっている。

48歳、夏フェスに出れば最年長。若いバンドの名前も覚えられない。

48歳、野心はない。食欲も性欲もない。

48歳、あるのは十二指腸潰瘍の疑い。

48歳、血圧は低め。100を行ったり来たり。

48歳、山田太一先生が『早春スケッチブック』を書いた年齢。

48歳、北野武監督が『キッズ・リターン』を撮った年齢。

48歳、アンドレ・ザ・ジャイアントが死んだ年齢。

48歳、大河ドラマを書いている。厳密には46歳の時から書き始めて今30話。

48歳、大河書き上がる時、49歳になっていると思うとゾッとする。

48歳、タバコをやめて6年になるけど、寿命が延びた気がしない。

48歳、仕事してると背後に娘が立ち「だいじょぶハゲてないよ」と言われる。

48歳、横断歩道の先に警官が二人。青信号になった途端、職務質問。

48歳、84歳になった母から突然、仮面ライダーV3とのツーショット写真が送られて来た。石ノ森章太郎ふるさと記念館へ行ったそうです。


今、あとがきを書きながら、娘に「早くお風呂に入りなさい」と言おうとして「早くあとがきに入りなさい」と言ってしまった。

なかなかにポンコツで、なかなかにNO FUTURE。

それでもまだ「今が一番楽しいかもな」と嚙みしめながら眠りにつく日がある。有り難いことです。

２０１９年はいよいよ『いだてん』の年です。完走するまで倒れるわけにはいかない。万が一、倒れてもうつ伏せで、両手がキーボードの上に乗っかってれば、惰性で1話ぐらい書けるんじゃないか。それぐらいは意気込んでいます。

この本を手に取って下さった皆さんの健康と御多幸を、そして手に取ろうとしない皆さんの不健康と御不幸を心よりお祈り申し上げます。

２０１８年10月

宮藤官九郎

初出：「週刊文春」2012年12月20日号～2018年4月26日号掲載分を
再編集し、加筆・修正しました。

『I was PUNK!! ～グループ魂にあっちゃん(NEW ROTE'KA)は？～』
（作詞・作曲：宮藤官九郎）
『金太の大冒険』（作詞・作曲：つボイノリオ）
『潮騒のメモリー』（作詞：宮藤官九郎　作曲：大友良英、Sachiko M）

ん!?

2018年12月15日　第1刷発行

著　者　宮藤官《くどうかん》九郎《くろう》
発行者　鳥山　靖
発行所　株式会社　文藝春秋
〒102-8008　東京都千代田区紀尾井町3-23
電話　03-3265-1211
印刷・製本　凸版印刷

　ISBN 978-4-16-390947-9
Printed in Japan